さっきちらっと見えた彼のものは、かなり長くて大きいように感じたから、
あれが全部入ったというのは驚きものだ。

医学的に普通のことだと、勉強してわかっているはずなのに。

「痛むか？」

「……少し」

「なら、しばらくこのままでいようか」

王弟殿下の秘密の婚約者

～今だけ内緒でいちゃいちゃしています～

佐倉 紫

Vanilla文庫

王弟殿下の秘密の婚約者
今だけ内緒でいちゃいちゃしています

目次

イラスト／蜂 不二子

第一章　恋の喜びと痛み

「なぁなぁ、看護師さん。どうも胸のあたりが調子悪くって。ちょっと診てくれない？」

気安い口調で声をかけられる。籠いっぱいのシーツを運んでいたソフィアは、眉を寄せて振り返った。

そこには軍服を着込んだ若い男が三人ほどいて、にやにやしながらこちらを見ている。中央の男が「このあたりが痛いんだよ」と開いた襟をわざとらしく見せつけてくるが、ソフィアは軽く肩をすくめ、すたすた歩き出した。

「外傷なら手当てしてあげられるけど、そうでないなら心臓か肺に問題があるのでしょう。わたしではなく医師に診てもらうほうがいいわね」

「あっはっはっ。おかたいなぁ。そういう意味じゃないってわかるだろう？」

つれないソフィアに男たちは大笑いして、その後もいろいろ言いながら、彼女のうしろをくっついてくる。

だがソフィアが無視を決め込むので、痺《しび》れを切らして、ひとりが突っかかってきた。

「おいっ、無視するんじゃねぇよ！　それが前線で戦った軍人相手に取る態度か？　あぁ!?」

「きゃっ」

うしろから肩を摑《つか》まれ、ぐいっと引っぱられる。ソフィアは危うく籠ごとひっくり返りそうになった。

そのときだ。

「なにをしている！」

びしっとむち打つような厳しい声が、ソフィアの正面から聞こえてくる。ソフィアのみならず、軍人たちも驚いた様子で声のほうを見やった。

そこには、やはり軍人とおぼしき一人の男性が立っていた。

顔は外套《がいとう》のフードに隠れて見えないが、上背があるせいか、軍靴を鳴らして近づいてくる姿だけでも迫力満点である。

軍人たちも雰囲気に呑《の》まれたように息を呑むが、ソフィアに突っかかってきたのと同じように、すぐに彼にも嚙《か》みついていった。

「い、いきなりなんだよっ。なにをしていようと関係ないだろうが！」

「いいや、おおありだ。見たところ、おまえたちは第二師団の者らしいな。ならば、この勲章の意味もわかるだろう」

すぐ目の前までやってきた男は、外套の前を開いて自分の胸元を露《あら》わにする。

そこには将校であることを示すラインが入っているほか、たくさんの勲章が光っていた。

「ひっ……⁉」

軍人たちは、たちまち真っ青になってあとずさる。

ひるんだ彼らに対し、男はすうっと息を吸い込んだ。

「――傷ついた者たちの療養の場において、婦女子を追いかけ回し、あろうことか引き倒そうとするとは何事だ‼」

「ひ、ひぃっ⁉」

空気が震えるほどの怒声に、軍人たちはたちまちすくみ上がって小さくなった。

「このことは貴様らの上官にしっかり報告しておく。見れば、貴様らには目立つ怪我《けが》もないようだ。ならば即刻現地に戻り、引き上げの補佐に当たれッ！」

「は、はいっ、了解でありますぅう！」

軍人たちは冷や汗をにじませながら敬礼して、あたふたと逃げ出していった。

「まったく……！　戦が終わった反動だろうが、若い娘に手を出そうとするなど言語道断だ」

将校らしき男はそう息巻いて、呆然《ぼうぜん》と立ちつくすソフィアに向き直った。

「我が軍の人間が無礼を働き、大変申し訳なかった。上官として謝罪させていただく」

腰を折って深く頭を下げる将校に、ソフィアは仰天した。

「い、いいえ、謝罪など……！　こうして助けていただけただけで充分です。ありがとうございました」

籠を前に抱えているため、ソフィアは首だけ動かしてぺこりとお辞儀する。

すると、目の前の将校は籠をひょいと取り上げた。

「運ぼう。どちらに向かえばいい？」

将校がさっさと歩き出したので、ソフィアはあわてて「こっちです」と追いかけた。

廊下をまっすぐ進み、そのまま屋外へ出る。途端に、あちこちから噴き上がる白い煙と、熱をふくんだ砂利《じゃり》の大地が二人を出迎えた。

白い煙がたなびく中にはいくつもの建物が並び、それらをつなぐように、石造りの道が細く張り巡らされている。

あちこちから湯が流れる音がひっきりなしに聞こえており、強い硫黄の匂いがつんと鼻《び》腔《こう》を刺激してきた。

――ここは温泉地アラカ。王国の北に位置する、アダーソン伯爵領の主要な街のひとつである。

すぐそばにそびえる火山の裾野に築かれた街で、大昔から温泉が多く点在していた。

普段は湯治や富裕層の療養の場として賑《にぎ》わっているが、今、この街に滞在している多くは傷病軍人だ。

隣国スフレル王国で二年前に王位争いが勃発したことで、同盟国であるこのレクヴィオーザ王国も、かの国に援軍を送っていたのである。

アラカは国境からほど遠く、戦闘になることはまずない。だが軽傷の負傷者が治療と療養のために次々と送られてくるようになった。

戦闘は一ヶ月前に無事終息したそうだが、未《いま》だ怪我人《けがにん》は送られてくる。おかげでそここに建つ小さな小屋の中では、手当を施された軍人たちが横たわって、地熱により身体を温めていた。

ソフィアは将校とともに、小屋を一軒一軒回って、新しいシーツを配っていく。代わりに汚れたシーツを回収するので、結局将校の男は洗濯室に到着するまで、ずっと籠を抱えていることになった。

「申し訳ありません。将校様にこのようなことをさせてしまって」

「この程度のことはなんでもない。部下たちの様子も見ておきたいと思ってきたから、あちこち回れて、むしろ好都合だった」

洗濯室の一角に籠を置いて、将校は「それよりも」と少し重苦しい口調でつぶやいた。

「思っていた以上の軍人が療養していたな。ほかにも手当を受けている者はいるのだろうか」

「ええ。小屋で横になっていた方々は、もう自分で歩ける方がほとんどです。まだまだ病床から動けない患者さんも大勢いますよ。ここから見える、あそこの三つの建物が病棟になっています」

将校を窓際に案内し、ソフィアはそこから見える四階建ての建物を三つほど指さした。

「一時期はあそこにも収容できないほどの怪我人が押し寄せて、本当に大変でした。今も病床は八割ほど埋まっています。動けるようになった患者さんは全体の三分の一ほどですね。……たまに、先ほどのような元気な方もいますけれど」

「傷が癒えたのに故郷にも帰らず、遊びほうけている人間だな。あるいは、傷病者を運んできた者か……。いずれにせよ、戦が終わったことで気が緩んでいる証拠だ。けしからん」

将校はどうやら真面目なタチらしい。フードの陰からかすかに見える口元は見事にへの字になっていた。

「ところで、将校様はこちらに療養にいらしたのでしょうか？　見たところ大きな怪我はないようですが……」

とはいえ、外套の下には大きな傷があるのかも。

気になって彼の頭からつま先までを見やるソフィアに、将校は小さく苦笑して、外套を脱いだ。

「……」

ソフィアは思わず息を呑む。外套の下に隠されていた将校の顔立ちはとても美しく整っていたのだ。

少し乱れた銀髪に藍色の瞳。それだけ見ると細身のナイフのような印象を覚えるが、頬《ほお》骨《ぼね》や顎のラインはがっちりと男らしい。

凛々《りり》しい眉や、すっと通った鼻筋が印象的で、都会の美男子とはこういうひとのことを言うのだろうと、見惚《みと》れる以上に感心してしまった。

「わたしはフレディ・ヴィオン。陸軍中将だ。ここへは部下の見舞いのためにやってきた。……あなたは、こちらで働く看護師だろうか？」

ソフィアはにっこり微笑《ほほえ》んだ。

「はい。ソフィア・アダーソンと申します」

「……アダーソン……ここの領主の伯爵の名前ではないか。ではあなたは、伯爵家のご令嬢なのか⁉」

フレディが目を丸くする。

思った通りの反応に、ソフィアは笑ってしまいそうになるのをかろうじてこらえた。

汚れてもいいような古着のドレスと、落ちないシミが点々とついているエプロンを身につけ、黒髪をお下げにしている自分を伯爵令嬢と看破できる者はそうはいないのだ。

「このような格好で申し訳ありません」

「いや……それを言うならわたしも、長旅のあとで汗も流していない状態だ」

そこで自身の体臭が気になったのか、フレディはみずからの肘辺りをくんと嗅ぐ。

このあたりは硫黄の匂いがきついから、汗のにおいなど気にならないのにと、ソフィアは今度こそ笑ってしまった。

とはいえ、見たところフレディは二十代の半ばくらいだ。その若さで将校を務めるからには、彼もきっと名のある貴族の出なのだろう。

（でも、フレディというお名前もヴィオンという家名も聞いたことがないわ。きっとここからは遠いところのご出身なのでしょうね）

そんなことを考えながら、汚れたシーツを籠から桶《おけ》に移動させたソフィアは「では行きましょう」とフレディを手招いた。

「お見舞いでしたら、病棟の受付に名簿がありますから、そちらを確認したほうが早いです。なにせこの街は全部が療養施設みたいなものですから」

フレディはなるほどとうなずき、ソフィアに続いて歩きはじめた。

再び外に出て、病棟の中でも一番古い建物に入る。そして受付で名簿を取り寄せた。

「お見舞いする方、だいたいいつ頃こちらに運ばれたかわかりますか？」

「負傷したのは三ヶ月前だ。足に銃弾を食らってな」

「じゃあ、だいたいこのページあたりになるかしら……。確認してください」

ソフィアの読み通り、彼女が開いたページに、目的の人物の名前を見つけたらしい。フレディは「第三病棟に入院中と書いてある」とすぐ告げた。

「第三病棟なら隣の建物になります。また受付に言えば部屋を教えてもらえますから」

「――あら、ソフィア様が案内してさし上げればいいんじゃないですか？」

ソフィアとフレディを見比べていた受付の看護師が、興味津々でからかってくる。

ソフィアは苦笑して「そろそろ仕事に戻らないといけないから」と答えた。

「シーツがすぐに汚れちゃうから、日のあるうちに洗濯したいのよ」

「ソフィア様は熱心ですねぇ。せっかく患者さんも少なくなってきたし、少しは羽を伸ばせばいいのに」

「そう言って全員が羽を伸ばしたら回らなくなるわ。――では、将校様。仕事がありますので、わたしはここで」

「ああ。案内ありがとう」

フレディは丁寧に礼を言って、足早に立ち去るソフィアをしばらく見送っていた。


その後はめまぐるしく一日が過ぎた。

昼から入っていた外科手術に参加し、患者を病棟に運んだあとは、夕方まで容態に変化がないかつきっきりで見守る。

それが終わったら病人への食事の用意。

食事自体は専門の料理人が作るが、それを運んで食べさせたり、問診を行うのは看護師の仕事だ。

ソフィアは重傷者が多い病棟へ、ほかの看護師と食事を運んでいき、患者のケアに従事した。

食後は自分の食事もそこそこに、片づけを手伝い、明日の予定を看護師同士で確認する。

遅番の看護師と交代する頃には、日はとっぷり暮れていた。

「はぁ、今日も一日働いたわ」

うーんと伸びをしながら、ソフィアはしみじみとつぶやく。

その横を、帰り支度を終えた看護師たちがぞろぞろと通って行った。

「ソフィア様、お疲れ様でした。まだお帰りにならないのですか？」

「ええ、日誌当番だから。それを終えたら帰るわ」

「そうですか。ではお先に〜」

看護師たちを見送ったソフィアは、よしと気合いを入れて日誌を開いた。

——日誌は看護師たちが頻繁に目にするものなので、それなりの経験と知識のない者が書くことは禁止となっている。ソフィアも看護師の資格を取り、アラカの街にやってきた三年前は当然書かせてもらえなかった。

それどころか、見せてもらうことすら至難の業だったのだ。

（あの頃は『伯爵家のお嬢様に見せられるものはありません』って、慇懃無礼《いんぎんぶれい》に言われたんだったわね）

アラカの医療従事者たちはほぼ全員、ソフィアがやってきたのは『お嬢様の気まぐれか道楽のためだろう』と思っていて、仕事を回してもらうまでずいぶんかかった。

その一年後に戦争が始まり、猫の手も借りたい状態になったことで、ソフィアにも仕事が割り振られるようになったからよかったものの……

「無事に戦争も終わったし、人手も必要なくなれば、以前のように『さっさと家に戻れ』と言われるようになるのかしらね……」

そう思うと憂鬱だ。

過酷な二年間のあいだで、看護師としてのスキルはずいぶん上がったと自負している。

だが、しょせんソフィアは伯爵家の娘。いずれは家に戻って結婚し、領地を出て行くと思われていることだろう。

実際、父であるアダーソン伯爵も「そろそろ家に帰る気はないか？」と手紙を送ってきているし。

「できればこのまま看護師として働いていきたいのだけど……」

風当たりがまた強くなるようなら、アラカ以外の別の街に働きに出ることも考えたほうがいいかもしれない。

ふぅ、とため息をつきつつ、日誌を書き終わったソフィアもまた立ち上がった。

「すっかり遅くなっちゃったわ」

病棟を出て、足早に帰路をたどっていく。

ソフィアが暮らしているのは領主の別館だ。富裕層の別荘が連なる一角に建てられており、現在はソフィアと数人の使用人が暮らすのみだ。

「お帰りなさいませ、お嬢様」

「ただいま。なにか変わったことは？」

「いいえ、特には。お食事はいかがなさいますか？」

「軽いものを部屋に運んでもらえる？　先にお風呂に入ってくるから」

「かしこまりました」

出迎えに出た執事は心得た様子で、ソフィアに頭を下げた。

自室に入ったソフィアは、着替えを手に風呂へ向かう。

このアラカで『風呂』と言ったら、それはすなわち温泉のことだ。このあたりの建物は例外なく温泉を引いており、領主の別館にも、裏から出てすぐのところに浴槽がしつらえてあった。

屋内で服を脱ぎ裸になったソフィアは、タオルを手に外に出る。

地面を掘り下げ石で固めた浴槽には、今日も温泉がほかほかと湯気を立てていた。

足先を入れると、痺れるような熱さが全身に広がり、はーっとため息が漏れる。

「一日の終わりのお風呂はなによりの癒やしだわ」

三人ほどが入れる広々とした浴槽の中で、ソフィアは存分に手足を伸ばしてくつろいだ。

ある程度あたたまってから、一度浴槽から出て髪と身体を洗う。かけ湯をしてさっぱりしたソフィアは、もう一度湯に浸《つ》かろうとしたのだが。

不意に、高い柵の向こうから、ざざざっと枝葉がこすれるような音が聞こえて、彼女はびくっと跳び上がった。

（なに？　誰かいるの？）

風呂の回りは大人の背より高い柵で囲まれている。

内側から見えるのは柵ばかりだが、外は不審者の侵入を防ぐために、とげとげした植物を植えてぐるりと囲んであるのだ。

時折、山から下りてきたイノシシが絡まって痛そうな声を上げているが、今の物音もそれだろうか？

ガサガサという音は未だ続いている。……しかし、ほどなくイノシシではないとわかった。

「う、わっ……なんだ、これは……蔦《つた》か？　くっ」

枝と格闘しているらしい男の声が柵の向こうから聞こえてきた。ソフィアはとっさに湯《ゆ》桶《とう》をひっつかみ、かたわらの水桶《みずおけ》から水をくみ上げる。

そしてそれを、柵の向こうめがけて思い切りぶちまけた。

ばっしゃーん！　という水音に続いて「うわぁっ!?」という男のひっくり返った声が響き渡る。

ソフィアはきっと眉を吊《つ》り上《あ》げた。

「そこでこそこそとなにをしているの!?　泥棒!?　今にうちの使用人が駆けつけてくるから、覚悟しなさい！」

言うが早いが、ソフィアは大急ぎで屋内に入り「不審者よ！」と声を張り上げる。

よくできた使用人たちはすぐさま浴室に駆けつけ、外にも執事を始め何人かが回った。

「ち、違うんだ、わたしは盗人《ぬすびと》などでは……っ」

使用人たちの声に紛れ、おろおろと釈明する男の声が聞こえる。

急いで服を着込み外に回ったソフィアは、思わず「うそおっしゃい！」と声を張り上げていた。

「お風呂から侵入しようとして、蔦に絡まっていたのでしょう!?　神妙に……って……しよ、将校様!?」

男性使用人に囲まれ、途方に暮れたように両手を挙げたたずんでいたフレディは、ソフィアを見るなり目を丸くした。

「ソフィア殿！　……ということは、さっき水をかけてきたのは……？」

「あっ……」

彼の銀髪からぼたぼたと水滴がこぼれているのを見て、ソフィアは瞬時に真っ赤になった。

「ソフィアお嬢様、この者と知り合いで？」

執事がソフィアとフレディを見比べながら眉をひそめる。

はっとしたソフィアは、あわてて使用人たちに下がるように命じた。

「彼は陸軍中将のフレディ・ヴィオン様です！　ごめんなさい、わたしてっきり泥棒かなにかだと……！」

大あわてのソフィアは、急いで着替えの用意を言いつける。

よくできた執事はあわてることなく「かしこまりました」とうなずき、使用人を引きつれ屋内に戻っていった。

「本当にごめんなさい、将校様！　でも、どうしてこんな時間にこんなところに……」

「ああ、まあ、眠れなかったものだから、散歩をと思って……」

狐《きつね》につままれたような顔のフレディだったが、ソフィアが「ひとまず屋敷の中へ」とうながすと、おとなしくついてきた。

「わたしこそ驚かせてすまない。散歩をしていたはいいが、ぼうっとして、いつの間にかこの区画に入ってきてしまったのだ。この家だけ明かりがついていたから、道を聞こうと思って近づいたのだが……蔦が足に絡まってしまって」

屋敷に入ったフレディは自分の足下を見て苦笑する。使い込まれた軍靴にも脚衣にも、ちぎれた蔦が絡みついてしまっていた。

「本当にごめんなさい……。とにかく、そのままでは風邪を引きます。お風呂に入ってください。着替えの用意に時間がかかるでしょうから」

フレディは「いや、そこまでしてもらうわけには」と首を振ったが、ソフィアは強引に、自分が入っていた風呂へ彼を押し込んだ。

「……そういえば将校様、今夜の宿はどうするおつもりだったのですか？」

ソフィア自身も脱衣所で髪を乾かしながら、ふと気になっていたことを扉越しに尋ねる。

フレディはちょっと言いよどんだあと、「病室の一角で横になろうかと……」とごにょごにょ答えた。

「それでは身体が休まりません。お見舞いに訪れた方のための宿泊施設もありますのに。……って、昼間のうちにそう案内していればよかったですね、すみません」

「いや、ソフィア殿のせいではないから」

「でも、無事に部下の方のお見舞いはできたのですね？」

「ああ。撃たれた直後は出血がひどかったから、助かるかどうかもわからなかったが……なんとかなったらしい。今は歩くための訓練を受けているそうだ。歩けるようになったら、故郷に戻ると言っていたよ」

「そうですか……」

ということは、フレディは部下をひとり失うことになった、ということか。

「……さみしくなってしまいますね、一緒に働いていた方がそばを去ると」

「まぁ……そうだが。だがもう戦争は終わったし、本人の希望なら尊重したい。わたし自身、少し身軽になりたかった。背負うものが多いのも、あまりいいことではない……」

フレディの声は途中から小さくなっていって、最後のほうは耳を澄ませないと聞こえなくなってしまった。

髪を乾かし終えたソフィアは、脱衣所と風呂を隔てる扉のそばに座って、そっと問いかける。

「将校様、先ほど『眠れないから散歩をしていた』とおっしゃっていましたが……いつから深く眠れていないのですか？」

扉の向こうで、フレディが大きく息を呑む気配がする。湯がばしゃんと動く音も聞こえた。きっとそうとう動揺したのだろう。

「……なぜ、前から眠れていないなどと……」

「療養中の軍人さんの中にも、そういう方が多いのです」

ソフィアは努めて、特別でもなんでもないことのように答えた。

「眠っていても少しの物音で飛び起きてしまったり、悲惨な光景を夢に見て体調を崩してしまったり……食事も喉を通らなくなって、日中もおびえているような方は、ここではめずらしくありません」

「……」

フレディはしばらく黙っていたが、やがてふーっと長く息を吐き出す音が聞こえてきた。

「……あなたの言うとおりだ。戦場から引き揚げてきてからというもの、まるで眠ることができなくなった」

「やっぱり……」

「戦場にいるときは都合がよかったのだ。ほんの少しの物音や気配、不審な匂いですぐに目が覚めるから、奇襲をかけられても退けられたくらいで」

だが、戦地以外の場所では、それは無用の長物だった。

それどころか、湯が湧き出る音にも、風が枝をこする音にも過剰に反応してしまって、まるで眠気がやってこないという。

「情けないことだ。徴兵された一兵卒ならまだしも、もう軍人として十年以上働いてきた自分が、こんな症状に悩まされるとは。精神が弱い証拠のように思えて……」

フレディが深くうなだれているのが感じ取れる。

ソフィアはとっさに「そんなことはありません」と告げた。

「その手の症状は、心の強さ、弱さにかかわらず、誰にでも起きることなのです。過剰な緊張を強いられる環境下で働いたことによる心労が主な原因だと、アラカの医師たちは口をそろえて言っていますわ」

彼が気負わないよう、ソフィアはきっぱりとした口調で伝える。

「食欲不振や耳鳴り、めまいなども同じことです。ここで療養している軍人さんの半数が、同じ症状に悩まされていますもの」

「だが、わたしは中将だぞ。一兵卒ならまだしも、将官がこのざまというのは……」

「将官だからこそ、です。たくさんのものを背負って戦ってきたフレディ様は、きっと一般の兵より強い圧力や不安にさらされていたのでしょう。そのぶん症状が強く出てしまうのは当然のことですわ」

黙り込むフレディに、ソフィアは優しく語りかけた。

「明日一番に医師の診察を受けましょう、将校様。専門家の意見を聞くのが一番です」

そのとき、着替えを用意した執事が脱衣所に入ってきた。ソフィアは彼にフレディの世話を頼み、客間へ通すように言いつける。

先に客間に入り、明かりをつけて回っていたソフィアは、ほどなく到着したフレディにきびきびと指示した。

「滞在中はこの客間を使ってください。ここには駐在の医師がおりますから、明日その方に診察をお願いしましょう」

「いや、だが……」

「将校様には治療が必要です。……一般の病棟でもいいのですが、それだとほかの傷病軍人が気兼ねしてしまう可能性があるので、ここで療養なさってください。あなたの身分的にも、それが一番いいと思います」

「あなたはわたしの身分を知っているのか？」

フレディがはっとした様子で問いかける。ソフィアは首を横に振った。

「いいえ。でもその若さで中将を任されるくらいですから、貴族の出であることは間違いないでしょう？」

「あ、ああ……そうだな」

「それならなおのこと、領主の別館であるこちらに滞在するのが、誰にとっても一番いいと思います」

フレディはためらった様子だったが、ソフィアが頑として譲らないことを察したのだろう。最後には「わかった」とうなずいた。

「すまない。あなたには世話になりっぱなしだ。部屋も着替えも用意してもらって」

「気にしないでください。看護師としても領主の娘としても、適切だと思うことをしているだけです。——なにかあったらそこのベルを鳴らしてください。使用人がきます」

「わかった」

「明日、わたしは十時から出勤なので、その前に医師のところへあなたを連れて行きます。今日は遅いので、眠れなくてもとりあえず部屋で過ごしてください」

おやすみなさい、と挨拶して、ソフィアは客間を出ようとする。

扉を閉める寸前、フレディが「ありがとう」と声をかけてきた。

「これほどよくしてもらって、なんと礼を言っていいか」

「お礼なら、元気になることで返してくだされば結構です。わたしは看護師ですから。患者さんが笑顔になるのが、なによりのごほうびです」

では、と頭を下げて、ソフィアは今度こそ客間の扉をぱたんと閉めた。

* * *

翌日、いつもの時間に目覚めたソフィアは、身支度と朝食を終えて客間へ向かう。

だが部屋の中にフレディの姿はなかった。彼は庭に出て、シャツと脚衣のみというラフな格好で、剣を振るっていたのだ。

銃が戦争の主役の武器となって以降、甲冑《かっちゅう》を着た騎士が馬にまたがり、槍《やり》や剣を振り回すことはほぼなくなったが、接近戦となればそうはいかない。

フレディも将校として、そういった武術をしっかり身につけてきたのだろう。彼が振るう剣はすばやいだけでなく、いっさいの無駄がなく、さらに言えばとても美しかった。

彼が動くたびに汗が飛び散り、銀の髪が朝日を受けてきらきら輝くのにも、ソフィアはつい見入ってしまう。

だが長く見つめていることはできなかった。ソフィアに気づいたフレディが、剣を収めて「おはよう」と挨拶してきたためだ。

「お、おはようございます。早いのですね、将校様」

「なにせ眠れないものだからね」

フレディは軽く肩をすくめ、傍らに置かれていたタオルでざっと汗をぬぐった。

「で、では、さっそく医師のところにご案内します」

男らしい彼の動きにどぎまぎしつつ、ソフィアはすまし顔で彼を客間から連れ出した。

別館の奥まった部屋では小柄な老医師が待っていて、ソフィアを見るなり「おはようございます、お嬢様」とにっこり笑った。

「アラカで一番のお医者様です。第一線は退いておられますが、ほかのお医者様たちが意見を聞きにくるくらい博識でいらっしゃるんですよ」

「ほっほっほっ。年とともにすっかり目が弱り、手も震えるようになりまして、手術などはできませんけどなぁ」

椅子に腰かけた老医師はほがらかに笑って、さっそくフレディの診察を始めた。

普段は好々爺《こうこうや》という雰囲気たっぷりのおじいちゃんだが、やはり診察となると目つきが真剣なものに変わる。

フレディもその雰囲気に呑まれてあれこれ話していたが、途中ソフィアに申し訳なさそうな目を向けてきた。

「すまないが、あまり女性に聞かせたくない話も出てくる。終わるまで外に出ていてくれないだろうか?」

きっと戦場の過酷な暮らしがその内容なのだろう。ソフィアはうなずき、あとのことは老医師に任せて、看護師としての仕事に向かった。

その後はいつも通り忙しく病棟から病棟へと回っていたが、夕方頃、煙がたなびく町中をぼんやり歩いているフレディに出くわした。

「お医者様の見立てはどうでしたか、将校様」

「ああ、ソフィア嬢か。……うん、だいたいはあなたが見立てたとおり、心労からくるものということだった。眠る前に飲む薬を処方された。あとは……」

「あとは？」

「……とにかくのんびりするのがいいとのことだ。のんびり……。のんびりというのがどういうものか、よくわからないのがつらいところだが」

とりあえず散歩をしていたらしいが、なんの目的もなくさまよい歩いていると、また昨夜のようにぼうっとしてきて、妙にうすら寒い感覚を覚えてしまうらしい。

「それも含め、また夜にお医者様に相談されたらよろしいわ。こういうのは時間が一番の薬だとも言いますし」

「ああ、それは確かに言われたな。時間薬……なんとも曖昧なものに聞こえるが」

苦笑いしたフレディは、ではまた、と言ってふらふら歩いて行った。

大丈夫かしら、と思いながらも、ソフィアにも仕事がある。

その日は昨日よりは早く上がれたので、領主の別館に早めに戻り、フレディを診察した老医師のもとを訪れた。

「戦場上がりの軍人の典型的な症状だね。戦場の長い緊張から解き放たれ、その反動で睡眠障害や食欲不振、幻覚や幻聴、手足の震えやほてりに見舞われる。彼は指揮官として采配を振るう立場だったから、心労は通常の軍人の倍以上だっただろうねぇ」

老医師はわずかに眉を下げて、気の毒そうな面持ちになった。

「ひとまず睡眠薬を渡したけれど、さほど強いものではないから、眠れない時期は続くだろう。とにかく、これまで休みなしだったぶん、ゆっくり過ごしなさいと言っておいたよ」

「でも将校様は『のんびりする』のがどういうことか、わからないとおっしゃっていました。あぶなっかしく街を歩いていて、正直、徘徊《はいかい》しているのと変わらない感じでしたわ」

「ふぅむ、とにかく寝ているのが一番なんだけどねぇ……。根が真面目すぎるせいで、なかなか休むのも難しいのかもしれないのぅ」

老医師はやれやれと肩をすくめた。

――ソフィアもなんとなく彼の病状が気になり、その後も仕事の合間に、ちょくちょくフレディのもとを訪れるようになった。

フレディはどうやら、なにもせずにただゆっくりするということができない性分らしい。そうするくらいなら剣や槍を振るって、鍛錬していたほうが気が紛れると言っていた。

幸い、怪我を負っているわけではないので、ソフィアは老医師と相談して、彼にいくつかの肉体労働を頼むことにした。

「人手はみんな傷病軍人の世話に回っているので、こういう壊れた箇所を直せるひとがいないのです」

数日後、ソフィアは街の入り口近くに備えられた馬小屋へフレディを誘った。

馬小屋は半年前に天井に大穴が空いて、未だ修繕されていない。おかげで小屋の中に積まれた藁《わら》などもすっかり薄汚れて、とても使えたものではない状態になっていた。

「将校様に大工仕事を任せるのは気が引けるのですが、ほかに頼めるひともいなくて」

「いや、こういうことなら喜んでやらせてもらう。なにかやることがあるほうがありがたいのだ。ごちゃごちゃいろいろ考えずに済む」

さっそく腕まくりをして、フレディは穴の開いた天井をしげしげ見つめた。

「木材を調達できる場所はあるか？　ないなら木を切りたい。あちらの山の木を使ってもいいだろうか？」

「ええ、大丈夫です」

「中の藁も外に出して乾かさないとな……。うん、やることはいろいろありそうだ」

フレディは口元に笑顔を浮かべ、本業の大工よろしく、のこぎりやトンカチをそろえて馬小屋へ入っていった。

——結果的に、仕事を頼むのは正解だったらしい。昼に身体を動かすとそのぶん腹も減るので、食欲も少し出てきたようだ。

三日かけて馬小屋を修繕したあと、フレディは気ままにアラカの街を歩いて、修理が必要なところをどんどん直していった。

「なぁ、大工さん。あそこもちぃとばかし穴が開いていて、隙間風で寒いんだ。ふさいでくれないかね?」

「む、ああ、壁のここか。すぐにふさぐから待っていてくれ」

という具合で、小屋で横たわる傷病軍人から仕事を頼まれることすらあるほどである。

軍服を脱ぎ、シャツと脚衣、そして頭にタオルを巻いたフレディのことを、誰も将校だと認識できない様子だ。

「だが、そのほうが気楽でいい。わたしも温泉地にきてまで格式張りたくないし、それは療養中の者もおんなじだろう。双方が気楽でいるために、わたしは流れの大工を演じるのがちょうどいいのさ」

と、様子見にきたソフィアに、フレディは楽しげに笑っていた。

そうして笑っていると、とても不眠や食欲不振に悩まされているとは思えない。

しかし、依然としてフレディは不眠に悩まされており、夜は悪夢を振り払うように、庭に出て剣を振るっていることもしょっちゅうだった。

(心の傷には特効薬がないのよね。もう少し、助けてあげられればいいのだけど……)

寝床や衣料の提供など、看護師なら誰でも当たり前に行うことだ。

それ以上に、フレディには初めて会ったときに、不良軍人たちから助けてもらった恩がある。泥棒と間違え水をかけてしまった申し訳なさも加わって、もっと自分にできることがあれば……とソフィアは考えずにはいられなかった。

そんな中、仕事の休憩時間に「ねぇねぇソフィア様」と、自分と同じ年頃の看護師たちに声をかけられる。

「なぁに？」

「最近あちこちを回っている大工さん、ソフィア様の別館に滞在中なんですよね？　もしかしてソフィア様の恋人かなにかですか？」

「こっ……！」

思ってもみない問いかけに、ソフィアは思わず真っ赤になってしまった。

「あ、図星でした？」

「ち、違うわよっ。彼はああ見えて療養中の患者さんなの。貴族の出身だから、ひとまず別館の部屋を貸しているだけなのよ」

「ああ、なぁんだ、そういう事情だったんですかぁ。てっきりソフィア様が愛人でも住まわせはじめたのかと思った」

「あ、あいじ……」

あけすけな看護師の言葉にソフィアは思わず固まってしまった。

「まっ、貴族のお嬢様に限って、そんなことはないですよね～。で、あの大工さんって独身ですか？　すでに所帯持ち？」

「さ、さぁ、聞いていないけど……」

そういえば、フレディの個人的なことはソフィアもいっさい知らない。

貴族出身の陸軍中将。フレディについて知っていることはこれだけだ。

別にそれで不便していなかったが、他人から指摘されると、なんだかひどくもの足りない気持ちになってきて、自然と眉間に皺《しわ》が寄る。

「もし独身だったら素敵ですよねぇ！　あ、わたしたち、今日のお昼にあの方にお弁当をさし入れようかと思っているんですよ！　別にかまいませんよね？」

「そ、それは、わたしに許可を取ることではないと思うけど……」

「あははっ、それもそうですよね。ソフィア様にとって大工さんはお客さんみたいなものでしょうし。じゃあわたしたち、これから交代でお昼を届けることにしますから！」

看護師たちはとびきりの笑顔でそう言って、さっそく「誰が持っていく？」と、楽しそうに会話しながら休憩室を出て行った。

（……別に、誰が彼にさし入れをしようと、わたしには関係ないし）

と、思うのだが、どうにも胸がモヤモヤしてきて落ち着かない。

早めに休憩を切り上げ、残っている洗濯物を片付けようと外に出たソフィアは、運悪く、先ほどの看護師たちがフレディにまとわりついているのを遠目に目撃してしまう。

彼女たちは恋する乙女そのものという表情で、フレディにあれこれ話しかけていた。フレディはその勢いに圧されつつも、彼女たちを邪険にすることなく受け答えをしている。

ただそれだけの光景なのに、なぜか面白くないという気持ちが湧きあがって、思わずぎゅっとくちびるを引き結んでしまった。

(……いやいや、だから、わたしには関係のないことだから)

彼は病人で、患者で、将校で。それ以外の何者でもない。

ソフィアはもやもやした気持ちをぶつけるように、一心不乱に汚れたシーツの洗濯に励むのだった。

だがその日以来、ソフィアの中のもやもやとした気持ちは深まっていく一方だった。

病棟にシーツを届けて回るときに、看護師が何人かフレディにさし入れをしている光景を目の当たりにしたときは、それがいっそう顕著になった。

きゃっきゃっとはしゃぐ看護師たちにむっとするのはもちろん、彼女たちに対し笑顔を見せるフレディに対しては、もっと腹が立って、その日は一日中むしゃくしゃした気持ちが収まらずにいたのだ。

彼女たちが「フレディ様って王都のお生まれなんですって！」などと、ソフィアが知らない情報を休憩室で嬉々《きき》として語っているのも気に入らない。

フレディのこととなるとつい耳を傾けてしまうが、彼女たちの話に入っていくのははばかられて、結局いらだつだけで終わる自分にも嫌気が差していた。

そのせいか、別館に戻り久々にフレディと顔を合わせたとき、ソフィアはついむっとくちびるを尖《とが》らせてしまう。

「ソフィア殿、今日は早いんだな」

廊下を歩いてきたフレディの気さくな挨拶に、ソフィアはついつっけんどんな答えを返してしまう。

「別に、いつも通りです。それとも、わたしと顔を合わせたくなかったのかしら？」

「……やけに攻撃的だな。気づかぬうちに、わたしはあなたの気分を損ねることをしていただろうか？」

大真面目に返されて、ソフィアは瞬時に後悔と気まずさに見舞われた。

それなのに、口からはとげとげしい言葉ばかり出てくる。

「別にそういうわけではありません。あなたがどこでなにをしていようと、わたしには関係ありませんから」

「……もしかして、わたしが若い看護師たちからさし入れを受けているのが気に入らない、とか？」

ソフィアの心臓がどきっと跳ねた。

「そ、そんなわけないでしょうっ？　いったいどうしてそんなこと……っ」

「昨日か一昨日かな？　わたしにさし入れをしてくれた看護師が『あちらの小道から、ソフィア様がこっちを見ている。自分もさし入れをしたいのに、令嬢のプライドが邪魔してできないのだろう。すごく恨めしそうな目をしている』みたいなことを言っていたから」

「なっ、なっ……！」

脳内で彼の言葉が、看護師たちの声で再生されてしまって、ソフィアはたちまち真っ赤になってしまった。

「そ、そんなこと思っていません！　た、確かに、彼女たちに囲まれて、あなたが嬉《うれ》しそうにしていたことは、節操がないと思いますけど！」

言葉が勝手に口から飛び出た。それで言うなら、さし入れ現場をじっと見ていたソフィアのほうが、よほど節操なしだと思うが。

「と、とにかく！　差し入れに関してはなんとも思っていませんから！」

「そ、そうか？　ならいいが……」

ソフィアに圧される形で、フレディはうなずいた。

「だが……わたしとしては、嫉妬してくれたならそれはそれで、少し嬉しいと思ったかもしれないな……」

「え？　今なんて？」

「いや、独り言だ。聞かなかったことにしてくれ」

ソフィアは首をかしげたが、フレディの手に紙袋があることに気づき、そちらに気を取られる。

「それは、新しい薬ですか?」

「ああ。先ほど医師のところで診察してもらったんだ。以前より強い睡眠薬を出されたよ」

苦笑混じりに答えるフレディは、よく見れば目の下に隈《くま》が浮かび、顔色もあまりいいとは言えない状態だった。

ソフィアはふと看護師の顔になって、彼の全身を見やる。ここへやってきたときに比べ、特に体型に変化はないが、肌と髪の艶は少し失われたようだ。

「昼に身体を動かしているから、眠りに落ちるのは速くなったのだが……結局すぐ起きてしまうなら意味がないと言われて。どうにもうまくいかないものだ」

「心の病気は身体と違ってすぐに治るものではないんです。目に見えないぶん、治療法もどうしても手探りになってしまうし……。効果がすぐに出ないから、薬を飲むのを勝手にやめてしまう患者さんも多いんです」

勝手に断薬して症状を悪化させた患者も診てきただけに、ソフィアは切実な気持ちでフレディを見上げた。

「どうかフレディ様は、お医者様の指示に従って、きちんと服薬してくださいね」

「軍なら上官の命令に従うのは当然のことだ。それが医療であるなら、医師の指示に従うのは当然のことだな」

いたずらめかしてそう言ったフレディだが、その直後に小さく漏らしたため息に、ソフィアはすぐ気がついた。

「治療が長引くことで気が滅入《めい》るのはわかります。でも、治療にもある程度の辛抱が必要なんです。どうかこらえてくださいね」

「わかっているよ。……ふふっ、あなたのその言い方はわたしの甥《おい》によく似ている」

「甥御様……ですか？」

「ああ。そもそもわたしがここにくることになったのも、甥に『空気のいいところで少し療養してこい』と、尻を蹴っ飛ばされたからだった」

ソフィアはぱちぱちと目をまたたかせた。

「まぁ、部下のお見舞いのためではなかったのですか」

「アラカにやってきたのはそのためだ。それが終わったら療養に入ろうと思っていたから、ここで過ごせることになって運がよかったよ」

「そうだったのですか……」

「甥は、わたしがちっとも眠れない上、どんどん痩せていくから心配になったらしい。いつもはわたしを振り回してばかりのあいつが真剣な顔をしていたから、当時のわたしはよほどひどい顔つきをしていたんだろうな」

ソフィアは少し眉をひそめた。

「あの、甥御様ということは、まだそんなに大きくはない……ですよね？」

「いや、甥とわたしは二歳違いだ。甥の父親である兄とわたしは、親子ほども年が離れていてね。実質、甥のほうが兄弟のような感覚なのだ」

「ああ、そういうことでしたか」

得心がいったソフィアは深くうなずいた。

「甥にはもう手紙を書いて、しばらくここで療養することを伝えてある。せめて眠れるようになるまではここにいたほうがいいと医師にも言われたからな。あなたには引き続き面倒をかけることになるが……」

「あ、いいえ。わたしのことは気になさらないでください。今はとにかく、自分の身体を休めることを考えるべきです」

きっぱり告げるソフィアに、フレディはふっとほほ笑んだ。

「フレディ様？」

「あなたは生粋の看護師なのだな。少女らしい嫉妬をしたかと思ったら、薬を見るなり、すぐに表情を改めて……。伯爵家の令嬢でありながら、看護師に必要な勉強をするのも、さぞ大変だっただろうに」

ソフィアは大きく目を瞠《みは》る。

これまで、ソフィアのことを看護師として評価してくれるひとはほとんどいなかった。

戦争のどさくさにまぎれて、ソフィアが看護師として『使える』と思ってくれたひとは多かったと思うが……生粋の看護師だと言われたのは、これが初めてだったのだ。

「うれ、しいです。そんなふうに言っていただいて……。お嬢様の道楽だと言われることはあっても、そんなふうに言ってくれたひとはいなかったので」

「もともとの身分が高かったり、家柄に合わなかったりすると、どうしてもそういう点で苦労するだろうな」

フレディ自身、軍人になると決めたときには、甥をはじめ大勢に反対されたとのことだ。入隊したらしたで、ここはお坊ちゃまが物見遊山できていいところじゃないぞ、とさんざん脅かされたらしい。

「ということは、フレディ様は軍人の家系ではないということですか？　わたしてっきり、軍門のおうち出身なのだと……」

「ああ、まあ。軍人になる者がいないわけではなかったが、聖職者や学者を目指す者のほうが多いんだ。……とはいえ、二年前に隣国に援軍を送る決定がされたことで、わたしが家との連絡役みたいなことも担えたから、結果的にはよかったのだが」

とはいえ、そのせいでフレディは不眠や食欲不振に苦しむことになったのだから、本当によかったのかソフィアには判断がつかない。

「とにかく、看護師として立派に務めているあなたはすばらしいよ、ソフィア嬢」

「……フレディ様も、ご立派です。不眠や食欲不振が続くと、心労から周囲に当たり散らす方も多いんです。でもフレディ様は自分にできることを見つけて、お医者様の指示にも従って、改善を図ろうとしている。それは誰にでもできることではありません」

「それなら、わたしたちはお互いにがんばる、似たもの同士ということだな」

にこっと笑うフレディに、ソフィアもつられるようにほほ笑んでいた。

「ええ、そう思います」

「……よかった、やっと笑ってくれた。ソフィア嬢、これだけはわかってほしいのだが」

「なんですか？」

「看護師たちのさし入れはありがたく思っているが、それ以上の感情がわたしの中に芽生えることはないよ。それに……彼女たちのようにぐいぐい迫ってくる女性は実は苦手なんだ。愛想笑いを返すだけで精一杯で、あれこれ聞かれても困ってしまうし」

「そ、そうなのですか？」

意外だ……てっきり若い女の子たちに囲まれて、いい気分になっているのだと思っていたが。

「だから、あなたがわたしたちの姿を見て嫉妬することはないんだ。それだけはわかっていてほしい」

「べ、別に嫉妬なんて、最初からしておりませんっ。長々と立ち話をしてしまってすみませんでした。わたしはもう行きますのでっ」

ソフィアは最初と同様つっけんどんに言いきって、廊下をずんずん歩き出す。

フレディが背後でくすくす笑っている気配がしたが、気づかぬふりで自室まで一直線に歩いた。

（んもう、嫉妬なんてしていないわ。ええ、絶対にしていない）

自室の扉をバタンと閉めて、ソフィアはぷりぷりしながらエプロンをはぎ取る。

実際、フレディや看護師たちに対するもやもやした気持ちは、今は少しなりを潜めていた。

その代わりというわけではないだろうが、夜が更けるにつれ、フレディは大丈夫だろうかという心配が大きくなってくる。

（紙袋に書かれていた睡眠薬の名称……見間違いでなければ、かなり強いお薬だったはずだわ。あれほどのものを飲まなければ眠れないなんて）

ソフィアに見せないだけで、本当はフレディはかなり苦しんでいるのではないだろうか？

そう思うといてても立ってもいられなくなる。夕食と入浴を終え、寝台に入っていたソフィアだが、やがて毛布を跳ね上げるようにして起き上がった。

「ちょっと様子見に行くだけよ。そう、病棟の見回りと一緒。深い意味はないわ」

誰ともなくつぶやきながら、ソフィアはガウンを羽織り、足先をスリッパに突っ込む。

一度厨房《ちゆうぼう》に立ち寄り、安眠効果のあるカモミールとお茶の用意一式を手にして、ソフィアは客室へ向かった。

歩くあいだ、看護師としての使命感と伯爵令嬢としての倫理観で、心がぐらぐら揺れていたが……ほどなく思い悩んでいる場合ではなくなった。

なぜならフレディのいる客間へ近づくたび、獣のうなり声のような、妙な物音が聞こえてきたからだ。

客間にたどり着いたソフィアは、扉にぴたりと耳をつけて物音を探る。

――やはり声は部屋の中から聞こえてくる。うなり声？　違う……うめき声だ！

ソフィアはノックもそこそこ、扉をこじ開けた。

「フレディ様！　起きていらっしゃいますか？」

客間は居間と寝室の二間に別れている。うめき声は隣の寝室から聞こえた。

扉に飛びつき、寝室に転がるように入ったソフィアは、寝台のフレディを見つけて大きく息を呑む。

彼はまるで手負いの獣のように、胸元をきつく押さえ、頭を抱えて、寝台の上をのたうち回っていた。食いしばった歯のあいだからはひっきりなしにうめき声が漏れ、はぁはぁと荒い息を繰り返している。

ハーブティーを小机において、ソフィアは急いで寝台に乗り上がった。

「フレディ様！　しっかりしてください、フレディ様⁉」

大きな肩をしっかりつかんで揺さぶりながら、その耳元に大声で呼びかける。

フレディはしばらくうめいていたが、二度、三度と呼びかけると、はっと目を見開いて飛び起きた。

「は、はぁ、はぁっ……！　……あ……、ソフィア嬢……？」

「よかった。お目覚めになったのですね」

肩を激しく上下させるフレディは目を白黒させたが、やがてぐぅっとうめいて頭を抱えた。

「なんだ……？　頭が重い……」

「きっと薬のせいです。強制的に眠らせるものだから、副作用が強く出るんですよ」

それだけに、本来なら一錠飲んだだけで、翌朝まで夢も見ずに眠れるはずなのだ。

それなのに、悪夢にうなされ、のたうち回るなんて……

（思った通り、フレディ様の苦しみはそれだけ大きいのだわ）

フレディは激しい呼吸をくり返していたが、やがてだるそうに横になってしまった。

「すまない……みっともない姿を見せて……」

つらいだろうに、フレディはなおもソフィアを気遣う言葉を口にする。

ソフィアは胸がきゅっとつかまれるような感覚を覚えながら、努めて優しく語りかけた。

「それが普通です。なにも気に病むことではありません」

「……戦場で起きたことが……夢に出てくるんだ。わたしの指揮で突撃した一団が、敵の大砲にやられて、首や手足がちぎれた状態で吹っ飛ばされる……そんな場面ばかり出てくる」

……言葉で聞くだけでも背筋が冷えるほど、凄絶な光景だ。

それを目の当たりにし続けたフレディの心痛はいかばかりのものか……

「……わたしは戦場に出ていませんから、フレディ様がどれほど悲惨な光景を見てきたのかは、想像でしかわかりません。でも、傷ついて苦しむあなたのそばに、こうして寄りそっていることはできます」

未だ震えが収まらない様子の彼の手を取り、そっとその甲をさすった。

「弱さを見せるのは悪いことではありません。たくさん傷ついたのだから、なおさらです。苦しいことや悲しいことは無理に押さえ込まず、そうしてお話ししてみてください。つらい体験を吐き出すこともまた、治療につながりますから」

くり返し手をさすっていると、やがて彼のほうからソフィアの手をそっと握ってきた。

「……ありがとう。少し、落ち着いてきた」

「よかった。……よろしければ、お茶を淹《い》れます。カモミールティーを用意してきたのですが、お好きですか？」

フレディはなんとも言わなかったが、お茶を飲む気はあるのだろう。ゆっくり身体を起こした。

慣れた手つきでお茶を淹れて、ソフィアはカップをフレディに手渡す。まだ苦しげなフレディは一口二口と口に含むと、残りは一気に飲み干した。

「ずいぶん喉が渇いていたみたいだ」

「お薬の副作用かもしれませんね。もう一杯どうです？」

うなずいたフレディに、ソフィアはまた新たなお茶を淹れた。

「フレディ様、無理に眠ろうとなさらないで、お薬を飲んだあとは、瞑想《めいそう》して過ごすのはどうでしょう？」

「瞑想？」

聞いたことがなかったのだろう。フレディはきょとんと首をかしげた。

「こうしてあぐらを掻《か》いて、手はお腹《なか》のあたりにして、背筋を伸ばします。そして鼻から息を吸って、口からゆっくり吐く。これをくり返すんです」

フレディは怪訝《けげん》な顔をしながらも、ソフィアに言われたとおりの体勢を取り、ゆっくり呼吸を始めた。

「軽く目を伏せ、頭の中を空っぽにする気持ちで行うといいですよ。それが難しければ、とにかく、息を吸うことと吐くことに集中してください。吸うときは、心の中でゆっくり数を数えて。いち、に、さん、よん……。そして吐くときは、だいたい十秒くらいで吐き出すことを意識してください」

フレディは律儀に従ったが、息を長く吐くのが難しかったらしく、むせ込んでいた。

「十秒も保たないな……」

「くり返しやっていけばできるようになりますよ。眠る前に瞑想をすると、翌朝は頭がすっきりした状態になって、集中力も上がるんです。深い呼吸の影響で身体もほぐれるので、眠れないときにもおすすめです」

「なるほど……」

フレディは持ち前の生真面目さでゆっくりした呼吸を繰り返す。

そのうち身体がほぐれてきたのか、自然と横になっていた。

「すまない……眠気が……」

「眠くなってきたなら、いいことです。眠ろうとするより、息を吸って吐くことを意識してください。横になった状態でも大丈夫。吸って……吐いて……そう……」

ソフィアの声に合わせるように、フレディはしばらく厚い胸板を上下させていたが……

やがて彼のくちびるからすーすーという規則正しい寝息が聞こえてきて、ソフィアはほっと胸をなで下ろした。

(これで少しでも長く眠れるといいのだけど……)

また悪夢で飛び起きるようになったら大変だ。そう思うと彼のそばを離れがたくて、ソフィアはしばらく彼の寝顔を見つめていた。

結局一時間近くそばにいたが、幸いなことになにも起こらない。

ソフィアはほっと息をついて、慎重に寝台から降りた。

(これからは夜もできるだけ様子を見にくるようにしましょうか)

そうすれば自分も安心して眠ることができる。

そう思いながら自室に戻ったソフィアは、フレディがよく眠れることをお祈りしてから、ゆっくり眠りの中へ落ちていった。

* * *

その日からというもの、ソフィアは夜は必ずフレディのもとを訪れるようになった。

うまく眠れてもすぐ飛び起きてしまうフレディに、ソフィアはカモミールティーを入れ、つらい出来事を吐き出すようにうながす。

フレディはときにためらい、ときにうめきながらも、戦場でのつらい体験や、幼少期のさみしい生活などを話してくれた。

「兄とわたしは母親違いなのだ。おまけにわたしの母は、いわゆる使用人上がりで、父にとっては一夜の遊び相手のような認識だった。母がわたしを身ごもったから、しかたなく後妻に迎えたという感じで……そこに愛情はなかった」

その日のフレディはみずからの出生について、ぽつぽつと語っていた。

「現にわたしは、母親に抱きしめられた記憶もない。母にとっては父の妻になることが大切で、子供はその道具くらいにしか思っていなかったのだろう。その母も、わたしが十歳を迎える前に病死してしまったが」

「そうだったのですか……」

「両親がそんな状態だったから、当然兄も、わたしに対して無関心というか……いや、目の上のたんこぶくらいには思っていただろうか。自分の息子の妨げになるようなことはするな、という意味のことを、何度か言われたことがあるよ」

そのときのことを思い出したのか、フレディの口元にはさみしげな笑みが浮かんでいた。見ているだけで胸が痛くなる表情だが、その後に続いたフレディの話は喜ばしいものだった。

「甥だけが唯一わたしを気にかけてくれた。わたしの難しい立場を、わたし以上に憂えていたし、わたしを嘲笑する者がいれば、もう一度言ってみろと突っかかっていったりな」

「まぁ、勇ましいですね」

「その通り。頼もしくて、可愛《かわい》いやつだよ。……だが家に居続ければ、そんな甥の邪魔をすることになるかもしれないと思って、軍に入ることにしたんだ」

フレディの生い立ちを聞いたからだろうか。日が経《た》つにつれ、ソフィアもまた、自分のことをぽつぽつ語るようになっていた。

「わたしも母を亡くしているんです。ずっとこのアラカで療養していたのですが、わたしが五歳のときに風邪をこじらせ、肺炎を起こしてしまって、あっけなく……。もともと、そんなに丈夫なひとではなかったそうですが」

「そんなに幼い頃に母上を……。あなたも気の毒だが、母上もさぞ無念だっただろう」

「そうだと思います。懸命に病と闘っていましたから。……わたしが看護師になりたいと思ったのは、病気で苦しむ母を医療者としても支えたいと思ったからなんです。母を亡くしてからは、母のように苦しむ方に寄り添えれば、と思って」

「あなたらしい理由だ」

「父はいい顔をしませんでしたけど。ただ、看護師試験を受けることにも、アラカに行くことにも、さほど強く反対してきませんでした。早くに母を亡くしたわたしを哀れむ気持ちがあったからだと思います」

ソフィアが伯爵家の唯一の子供であったら、絶対に許されなかったに違いない。幸いなことに、ソフィアには兄が一人と姉が二人いた。

「しかも三人とも、わたしとは年が十以上も離れているのです。兄のところには息子も生まれていますし、姉たちも嫁いでいるので、わたしは多少自由にさせても問題ないと父は考えたのでしょうね。おかげで看護師として働くことができています」

「そしてあなたが看護師としてここにいてくれたから、わたしたちは出会えたのだな」

フレディがしみじみとした口調でつぶやく。

ソフィアは少しどきっとしたが、平静を装い「そうですね」とうなずいた。

「お互い、良家の生まれにしては、少々苦労の多い人生を歩んできたようだな」

「そのようですね。……そのおかげかはわかりませんが、こうしてフレディ様と知り合うことができたのだから、なんというか……不思議な感じです」

「わたしもだ。あなたがここにいてくれてよかった」

フレディがあまりにしみじみ言うものだから、ソフィアはどうしようもなくどきどきしてきてしまう。なんだか運命の巡り合わせのような気持ちになってくるではないか。

「毎日わたしにつきあってくれてありがとう。だがソフィア嬢、おかげであなたも寝不足ではないか?」

「お昼休憩のときに少しうとうとしているので大丈夫です。フレディ様もちょっと疲れたときにはお昼寝……それが無理でも、瞑想してみるといいですよ。頭も身体もすっきりします」

それはいいな、とうなずいたフレディは、翌日からさっそく、大工仕事の合間に瞑想をするようになっていた。

遠目にそれを確認したソフィアは、なんとも言えずくすぐったい気持ちになったものである。

——薬と瞑想が効いたのか、それからさらに一ヶ月もする頃には、フレディを診る老医師が「薬を少し弱いものに変えてみよう」と言ってきた。

「長いときは続けて四時間寝られるようになってきたというし。それに、起きたとき頭が重たいのが気になるようでね。あまり強い薬を飲み続けるのもよくないしのう」

それを聞いて、フレディだけでなくソフィアも思わず笑顔になってしまった。

「よかったですね、フレディ様！　少しずつだけど改善している証拠です」

「あなたのおかげだよ、ソフィア嬢」

フレディに正面からほほ笑みかけられ、ソフィアはつい真っ赤になった。

「わ、わたしはなにも……。あの、執事と夕食の相談をしてきますね」

急に恥ずかしくなって、ソフィアは逃げるように診察室を出てしまう。老医師が「やれやれ」と苦笑している気配がしたが、かまわず扉を閉めた。

（ふぅ……。最近フレディ様に笑いかけられると、どきどきして心臓が保たないわ……）

フレディがどうやってこれまで生きてきたかを知る機会が増えたせいか、前以上に彼に対する興味が深くなって、気づけば彼を見つめてしまう時間が増えた。

その割に、彼のほうから見つめられると信じられないほどどきどきして、今のように不自然に逃げ出してしまう。特に誰かがそばにいると、自分ひとりがあたふたしているようでいたたまれない。

（今頃二人でそんなわたしにあきれているかも……）

そんなうしろ向きなことを考えてしまって、ソフィアはそっと扉に耳を押し当てた。

中では医師とフレディがまだ話をしている。フレディの低く男らしい声にどきどきしてしまったが、聞こえてきた会話に、彼女はすぐに冷水を浴びせられたような心地になった。

「先生、わたしの不眠はあとどれくらいで治るのでしょうか」

「何度も言っているが、いつまでに治るとは言えないのが心の病というものじゃ。二、三ヶ月でよくなる者もいれば、一生治療を必要とする者もいる。わたしが見る限り君は後者じゃ。症状はよくなっても、定期的な診察は欠かせないじゃろう」

「それでも、とりあえず日常生活に戻って大丈夫、と言えるのはいつになるのか……」

「今はまだなんとも言えないねぇ。すぐに日常に戻る必要があるのかね？」

「今のところは……ありませんが。それでも、何ヶ月ものんびりしているわけにはいきません。さすがに夏になる前には、一度家に戻らないと」

「気持ちはわかるが、心の治療においてもっとも禁物なのはあせることじゃ。少なくとも薬なしで眠れるようになるまでは療養すべきじゃわい」

老医師の厳しい言葉を聞きながら、ソフィアはそっと扉から離れる。

ソフィアの前ではおくびにも出さなかったが、フレディは本当は、早く療養を切り上げ、帰りたいと思っていたのか……

(また軍人として復帰したいということ？　甥御さんに心配をかけたくないから？)

どちらもありえる理由だ。フレディは恐ろしく生真面目で、じっとしていることができない性格だ。のんびりするだけの療養が性に合わずに大工仕事を始めるくらいだから、長期間休むというのは耐えられないのかもしれない。

どちらにしろ、老医師が許可すれば、彼はすぐにアラカを発《た》ってもとの生活に戻っていくことだろう。

それが一ヶ月後か、半年後か、一年後かというだけの違いだ。

(フレディ様がここを去っていってしまう)

そう意識した瞬間、ソフィアは胸が潰れるような苦しさを感じて、思わず立ち止まった。

なぜだろう。いつもは患者が元気になって、家に帰れるとなると、患者やその家族と一緒になって喜ぶのに。

フレディに関しては、喜ぶどころか……行かないでくれという悲痛な気持ちでいっぱいになる。

なぜ？

……いや、答えはわかっている。

（わたし……）

いつの間にか、フレディにずっとそばにいてほしいと思いはじめているのだ。

これからも彼と一緒に、ここで生活していきたいと強く願っている。

ソフィアは震える指先で口元を覆った。

いったいいつから、自分はそんなことを考えていたのだろう。

（でも、考えれば、当然のことかもしれないわ……）

危ないところを助けてもらって、その後も紳士的に接してもらえて……

苦しみながらも自分にできることをやろうと、がんばっている姿を間近で見てきて……

――そんな状態でいたのだ。好きになるなというほうが、きっと無理な話だっただろう。

（わたし、フレディ様のこと、好きなんだわ）

離れたくないと思えるくらい、恋い焦がれている。

（こんな気持ち、持ったらいけないのに）

彼はもとの生活に戻ることを切望しているのだ。その気持ちを、ソフィアの身勝手な願望でくじいてはいけない。

自分は看護師なのだ。患者が回復したなら、それを喜ばなければならない。

(ずっとここにいてほしいなんて、治療をがんばっている患者に対して、思っていいことではないわ)

看護師としての自覚から、ソフィアは強く自分に言い聞かせる。

だが一方で、ひとりの女性としての自分が、彼と離れたくないと訴えてくる。

ままならない自分の心に、ついくちびるを噛みしめてうつむいていると……

「ソフィア殿?　そんなところでどうしたんだ?」

ソフィアははっと振り返る。そこには診察室から出てきたとおぼしきフレディが立っていた。

怪訝な顔をしていた彼は、ソフィアを見るなり鋭く息を呑む。

「どうして泣いているんだ?」

今度はソフィアが驚く番だ。あわてて頰《ほお》に手をやれば、いつの間にかそこは涙で濡《ぬ》れている。

気づかないうちに泣いていたことも、泣き顔を見られたことも恥ずかしくて、ソフィアは「なんでもありませんから!」と叫んで駆け出していた。

フレディが呼び止める声が聞こえるが、ソフィアはそのまま自室に駆け込む。内側から鍵をかけてしまえば、フレディとてもう入ってこられない。

ソフィアはふらふらと寝台に歩いて行き、そのままぼふんと倒れ込む。思いがけず知った自分の本心に、頭も心もいっぱいいっぱいだ。

（明日からは普通に接するようにしなきゃ。フレディ様は患者なの。看護師が患者に不安を与えては駄目。普通にするのよ、普通に……）

胸の中で呪文のように唱えながら、ソフィアは涙を押しとどめようと、遅い時間まで必死に目元を押さえるのだった。


とはいえ、ずっと看護師になるための勉強ばかりだったソフィアにとって、これはいわゆる初恋だ。

ある程度経験を積んだ女性なら、好きな異性の前に出てもそれなりに振る舞えるものかもしれないが、ソフィアにはその手の免疫がまるでなかった。

おかげで普通通りにするどころか、フレディの顔を見るだけで顔が熱くなり、挨拶を交わすだけでも目が泳いでしまう。

平気でぽんぽん言葉を交わせていたのがうそみたいだ。こんな状態では、フレディはもちろん周囲の看護師や使用人たちにも不審に思われてしまう……！

　そのためソフィアは、自然とフレディと距離を置くようになっていた。忙しく面倒な仕事を率先して引き受け、頭の中を仕事でいっぱいにする。仕事を多く抱えていれば必然的に家に戻る時間も遅くなるし、恋わずらいをしている暇もないから、一石二鳥だ。

　と、思って、実際一週間ほどがんばっていたソフィアだが……

「ソフィア嬢。わたしはあなたになにか不快なことをしてしまっただろうか？　ここ数日、どうにもあなたに避けられている気がするのだが」

　とうのフレディが、ソフィアの帰りをわざわざ別館の玄関で待ち構え、そう迫ってきたのである。

　予想外の事態にソフィアはしどろもどろになってしまった。

「そ、そう？　最近はどうにも忙しくて」

「忙しいにもほどがあるだろう。患者が大勢運ばれている戦時中ならともかく、この頃は忙しさもなりを潜めて、お嬢様も早くお帰りになるようになったのに、と執事も心配していたぞ」

（ううっ、よけいなことを……っ）

　ついここにいない執事に恨み言をぶつけたくなってくる。

　なにを思ってか、いつも出迎えてくれる執事はいつになっても出てこない。

　ソフィアはさりげなくフレディをよけて自室に逃げ込もうとした。が、それより一歩早く、フレディがずいっと迫ってくる。

　あわててあとずさったソフィアは、気づけば玄関扉に背中をつけてしまっていた。逃がさないとばかりに、フレディが彼女の顔の両脇にとんっと両手を置いてしまう。

「フ、フレディ様、近いです……！」

「無礼は承知している。だが、こうでもしないとあなたはまともに話してくれないだろう。どうしてわたしのことを避けるのだ？」

　どうしてと言われても……。

（それが言えたら苦労しないわ……！）

「き、きっとフレディ様の気のせいでしょう」

「そう思えないから待ち伏せしていたんだ。現にあなたは今もわたしから逃げようとしている。どうしてだ？　わたしがなにか気に障ることをしたのだろうが、わたし自身は覚えがないのだ。教えてくれないとわからない」

「気に障るようなことなど、なにもありません！」

「だったらこちらを向いてほしい」

　思いがけず真摯な声音で告げられ、ソフィアは小さく息を呑んだ。

　見ればフレディはわずかに眉間に皺を刻んでいる。怒っているというより、苦しんでいるという顔だ。彼がなぜそんな顔をするのかわからず、ソフィアはとまどった。

「フレディ様……」

「夜の訪れもぱったりなくなってしまって……いや、それはいいんだ。もともと年頃の令嬢が男の部屋にやってくることのほうが異常だった」

軽く頭を振ってから、フレディはひたとソフィアに視線を合わせてきた。

「だが、あなたは義理堅いひとだから、こないならこないで事前にわたしに言うはずだと思っていた。しかし、あなたからの連絡はいっさいなく、それどころかわたしと顔を合わせまいとするように、仕事ばかりの毎日を送っている」

「そんなことは……」

「この期に及んで否定しないでくれ。ソフィア嬢、教えてほしい。わたしのなにがいけなかった？　わたしは……あなたの顔が見られなくて、ここ数日、思い悩んでばかりだった」

「えっ」

フレディは苦虫を噛《か》み潰《つぶ》した顔をしていたが、やがてふぅっと大きく息を吐いて、ソフィアをまっすぐ見つめてきた。

「あなたのことが好きだ、ソフィア嬢」

「……フレディ様？」

「女性として、あなたのことを愛している。……療養中で、おまけに衣食住をあなたに頼っている状態でありながら、思いを告げるのは本意ではないのだが……」

せめて不眠を治すか、自立した状態で言いたかった、とフレディは苦々しくつけ足した。

「そ、そんなこと、わたしは気にしませんけれど……」

「わたしは気にする。男の沽券《こけん》に関わる問題だから理解は難しいかもしれないが。だが、それをいったん脇に置いてでも、今思いを伝えるべきだと考えた。そうでないとあなたは今後も、わたしを避け続けると思うから」

「……」

ソフィアはなにも言えなくなる。

まさかフレディも自分のことを思っていてくれたなんて……考えたこともなかった。

「あなたは、わたしがきらいか？　……確かに、面倒ばかりかけて申し訳ないと思っている。だから避けるようになったのか？　もうわたしに必要以上に関わりたくないと思って――」

「そ、そんなことは決して……！」

「ではどういう理由なんだ。黙って避けられるくらいなら、きらいだと言われたほうが数倍もマシだ！」

「好きなんです‼」

フレディの苦しげな声を上回る声量で、ソフィアはつい叫んでいた。

「フレディ様のことが好きなんです！　だから、そばにいるとどきどきして、なにかあらぬことを口走ってしまいそうで……怖かったの。それこそあなたに不審がられて、きらわれてしまうのではないかと思って」

「ソフィア――」

「あなたは不眠が治れば、もとの場所に戻りたいと思っていらっしゃるのでしょう？　わたしは、看護師だから。患者が治って、もとの暮らしに戻れるのなら、それを喜ばないといけない。それなのに……っ」

くしゃりと顔をゆがめて、ソフィアは叫ぶように告白する。

「あなたがここを離れていくと考えただけで、すごく悲しくて……行かないでと言ってしまいそうだったの！」

抑え込んでいた気持ちがあっという間に涙とともにあふれてくる。ぼろぼろと涙をこぼしながら、ソフィアは半ば自棄《やけ》になって思いの丈をぶちまけた。

「か、看護師でありながら、そんなことを考えていたのよ？　行かないでほしいなんて、一番言ってはいけない言葉なのに……！」

「そうなのか？　だが、わたしにとってはなにより嬉しい言葉だ」

ソフィアはびっくりして顔を上げる。

フレディはソフィアの泣き顔にややうろたえたようだが、視線は外さずにきっぱり告げた。

「なるべく早く、心配をかけた甥や周囲に挨拶をしに行きたいとは思っていた。その上で、病に打《う》ち克《か》ち、きちんと自立して暮らせるようになったら、あなたに求婚しようと考えていた」

「きゅうこ……!?」

ソフィアは仰天するあまりひっくり返った声を漏らす。

好意云々《うんぬん》どころか、そんな将来のことまで彼が考えていたなんて。

「とはいえ、軍人に戻るつもりはないから、新たに身を立てる方法も見つけないといけないのだ。だから……再び求婚するのは少し先のことになってしまうだろう。だがソフィア嬢、そのときがきたら、どうかわたしの求婚を受け入れてくれないだろうか?」

両手を握られながら熱の籠もった視線で見つめられ、ソフィアは茹《ゆ》であがったタコのように真っ赤になった。

「あ、わ、わたしは、まだ、その……結婚とかは、考えられる状態になくて」

「わかっている。それにあなたは看護師の仕事に誇りを持って取り組んでいるから、いきなり求婚されても困るだろう。だが……わたしが本気だということは、どうかわかっていてほしい」

ソフィアの手を握る手に、ぎゅっと力が込められる。

ソフィアはどきどきしながら、なんとか顎を引いて首肯した。

「でも、あの、わたしもフレディ様のことを、その……好きで、おりますので」

「……療養中の身でよかったよ。元気なときにそんな顔を見せられたら、場所もかまわずがっついてしまうところだ」

フレディが片手で目元を押さえながら、なにやらうめくようにつぶやく。大きな手からのぞく彼の耳が真っ赤であることに気づいて、ソフィアももっとどぎまぎしてしまった。

フレディはしばらくうつむいていたが、やがて手をどけておずおずソフィアを見つめてくる。その目元はまだ赤くて、ソフィアの心臓はどきんと跳ねた。

「……口づけてもいいだろうか？」

ソフィアの心臓がまたまたどきんと跳ねた。言葉で答えるのはあまりに恥ずかしくて、こくんとうなずくに留《とど》める。

フレディの太く硬い指が、ソフィアの顎をそっと持ち上げる。ソフィアはどきどきしながらフレディが顔を近づけるのを見つめ、鼻先がふれあった瞬間、恥ずかしさに耐えきれずにぎゅっと目を閉じた。

くちびるが重なったのはそのすぐあとだ。思ったより柔らかく、温かいフレディのくちびるがふれてきて、全身が緊張でこわばった。

二度、三度と角度を変えて口づけられ、ついばむように下唇をそっとはさまれる。ソフィアが思わずあえぐように口を開くと、フレディは肉厚の舌をすべり込ませてきた。

「んっ……」

思わず鼻にかかった声が出る。

こんなに深い口づけをしてしまうなんて……と、どきどきしながらも、他人の舌はこんなに温かいものなのか、と冷静に思っている自分もいて、なんだかおかしかった。

いつの間にかフレディの両腕がソフィアの腰に回っている。ソフィアも彼の厚い胸板に手を置いて、甘い口づけに酔いしれる。

数分前には考えられなかったふれあいに、ソフィアの胸は深く満たされていった。

両思いだとわかったあとでも、フレディの前に出ると、ソフィアはどうしてもどきどきして落ち着かなくなってしまった。だがそれはフレディも同じだったらしい。

キスをした翌朝。出かける時間が一緒だったようで、玄関ホールでばったり顔を合わせた二人は、どちらともなく赤面して目を泳がせてしまった。かろうじて挨拶してそれぞれの仕事に向かったが、一日中そわそわしてしまったのは間違いない。

もっとも、いざ話し出してしまえば、二人はそれまで以上に饒舌《じょうぜつ》にあれこれ話せるようになっていた。

さらに一週間もする頃には、ソフィアもフレディも、なんとかお互いの顔を見ても赤面しなくても大丈夫になってくる。

そしてソフィアは、以前のように夜遅くではなく、眠る前の時間にフレディのもとを訪れるようになった。

フレディはソフィアの来訪にも、彼女が持ってくるハーブティーにも笑顔を浮かべ、二人はその日も遅い時間まで、あれこれ語り合っていた。

「国からの補助金が軍人さんたちに届いたんです。これまでお金がなくて故郷に帰れなかったひとたちが、一気に三十人近く帰っていきました。おかげで病床がごっそり空いたので、今日は朝から晩まで掃除と洗濯に明け暮れていました」

「ああ、今日やってきた役人たちは金を届けにきていたのか。ちょうど看板を直しているときに見かけたが……どおりでいくつも鞄《かばん》を抱えていたわけだ」

なんにせよ故郷に帰れるのはいいことだ、とフレディはうんうんうなずく。

「フレディ様にも恩給のようなものは出るのですか？」

「なにかしらあるかもしれないが、興味はないな。……いや、報奨金が出るなら、それは受け取っておきたい。あなたを迎えるにあたって、先立つものはいくらあっても困らないからな」

「フレディ様ったら」

冗談ともつかない言葉を大真面目に言うフレディに、ソフィアは思わず笑ってしまった。

フレディもつられたように笑う。

「そういえば、また薬の量を少し減らすことになった。あいかわらず悪夢は見るんだが、あなたに習った瞑想のおかげで、以前のように取り乱すことは少なくなったよ」

「本当に？　よかったです！　お役に立てて嬉しいわ」

「それに、そういうときは過去の記憶ではなく、これからの未来を思い浮かべるようにしている。……あなたと一緒になりたいという思いが、病を抑えてくれているのかもしれないな」

だとしたら、ソフィアとしても嬉しい。

だが、急いで治そうとするのはよくないので、そこは看護師らしく「あせらずに、ゆっくり向き合う気持ちでいてくださいね」とくぎを刺した。

「わかっているよ。――ああ、もうこんな時間だ。あなたと過ごしているとあっという間に時間が過ぎる」

「お互い夜のひとときしか会えないから、よけいにそう感じますね」

日中はお互いの仕事に従事しているし、朝もすれ違う程度なので、夜のこの時間は二人にとって唯一の逢瀬《おうせ》の時間だ。

おかげでついつい長話してしまうが、明日も仕事がある。そろそろお暇《いとま》しないといけないだろう。

「ソフィア」

長椅子から立ち上がりかけたソフィアを、フレディが手招く。首をかしげながらフレディの隣に座ったソフィアは、かすめるようにくちびるを奪われ目を見開いた。

「おやすみ、ソフィア。いい夢を」

うっすら頬を染めたソフィアは、ほほ笑んでみずから彼のくちびるにくちびるを寄せた。

「フレディ様も、ゆっくり眠れますように」

……それで別れられればよかったのだが、お互い離れがたい気持ちが強いせいか、口づけはふれるだけにとどまらず、気づけば舌を絡ませる深いものに変わっている。

彼の舌の熱さを感じるたび、身体の奥がぼうっと熱くなる。

この時間がいつまでも続けばいいのに、と思わずにいられないほど、甘美な時間だった。

――しかし、幸せな時間は永遠には続かない。

それから十日後。フレディのもとに一通の手紙が届けられた。彼の甥からの手紙だった。

『ずいぶん回復したようで、とても嬉しく思う。もし旅が可能であれば、こちらに帰ってきてくれないか？　君に頼みたい仕事ができた。近日中に会えることを楽しみにしている』

＊　＊　＊

「お戻りになるのですね」

ソフィアはさみしさをこらえてフレディに確認する。

荷造りをしていたフレディは、ああ、とゆっくりうなずいた。

「おそらく戦後処理に関わるなにかだと思う。期間は最低でも二ヶ月程度ということだが……」

場合によっては長引くこともあるだろう、と言いたげな面持ちで、フレディは口をつぐんだ。

ソフィアは細くため息をつく。

フレディがアラカにやってきて、二ヶ月。未だ悪夢を見て飛び起きたり、四時間以上の連続しての睡眠は取れないフレディだったが、それでもここへやってきたときに比べて劇的に回復していた。

食事も、肉や魚には食指が動かないらしいが、それ以外のものはほとんど口に収められるようになっている。体重も少し増え、顔色もよくなってきたので、看護師たちからの人気もうなぎ登りだ。

もっとも今は、フレディとソフィアが思い合っていることに気づいて、彼女たちも以前のように熱を上げたりはしないようだけど……

(そんな看護師たちに嫉妬を覚えていたのが、平和に思えてくるくらいだわ)

甥からの手紙を受け取ったフレディは、すぐに老医師に旅ができるかを確認しに行った。そして、医師からここを離れたあとの心がけを学び、治療の詳細を記した診断書も受け取ってから、ソフィアに「今夜ここを発つ」と知らせにきたのだ。

さすがに今日は急すぎる、せめて明朝にしてくれ、馬を用意させるから……となんとか留めたソフィアだが、明日の朝には彼は旅立ってしまうと思うと、どうしようもないさみしさと悲しみが押し寄せて、胸がふさぐばかりだった。

フレディ自身、こんなに急にソフィアと別れるとは思っていなかったようだ。「できればあなたも連れて行きたいが……」と苦々しく言っていた。

「だが、あなたのお父上の許可も取らず、そんなことはできないからな」

「わたしにはここでの仕事もありますしね……」

「そうだ。……こんなことなら、あなたの父上に早く挨拶に行っておけばよかった。完全に不眠が治ったらと思っていたらこれだ。タイミングが悪い……」

甥からの手紙を睨《にら》みながら、フレディはらしくもなくぶつぶつと文句を言っていた。

ソフィアは口角を引き上げ、努めて明るい声を出した。

「でも、ご用事は早ければ二ヶ月で終わるわけでしょう？　そのときにはフレディ様の不眠も治っているかもしれません。……お仕事が終われば、またここにきてくださるのですよね？」

「無論だ」

「なら、そのときに一緒に父のところへ挨拶に行きましょう。約束」

ソフィアは小指を立てた右手を差し出す。フレディはソフィアの顔と手を見比べ、自分もおずおずと小指を立てて、指切りをした。

「子供の頃以来だ、こんなことは」

「約束を破ったら針千本呑んでもらいますからね」

「望むところだ。そもそも絶対に破らない」

荷造りを終えた鞄を脇に放って、フレディはソフィアの細い身体をぎゅっと抱きしめてきた。

「なるべく早く戻る。そしてあなたに求婚し、あなたのお父上に結婚の許しをいただく」

「待っています」

フレディの胸に頬を埋めて、ソフィアはうなずく。泣くまいと思ったが、言葉尻に涙がにじんでしまった。

「ソフィア……」

フレディも離れがたい気持ちをにじませ、彼女のひたいにくちびるを押しあててきた。

「ソフィア……貞淑なあなたに求めることは間違っていると理解しているのだが……どうか今夜一晩、わたしにあなたのぬくもりを感じさせてくれないか？」

目を伏せてフレディのぬくもりを感じていたソフィアは、思いがけない言葉に、そっと顔を上げた。

フレディとしっかり目が合う。彼は恥ずかしそうに目元を染めたが、覚悟を決めた男の顔で、もう一度ソフィアに懇願した。

「抱かせてほしい。離れる前に、あなたのぬくもりを肌で覚えておきたい」

ソフィアは言葉もなく真っ赤になったが、次のときには泣きそうなほど強い欲求が突き上げてきて、フレディの身体にぎゅっとしがみついていた。

「わたしも……覚えておきたいです。フレディ様のことを、もっと深く」

「ソフィア……」

「きっと今夜は眠れないわ。さみしさで押しつぶされてしまう。それなら……お別れする前に、あなたに愛されていることを感じたい」

フレディが息を呑む。

大胆なことを言っている自覚があるだけに、じっと見つめられると、ソフィアのほうも恥ずかしさでおかしくなりそうだ。

「は、はしたないお願いだと、わかってはいますが……」

「いや、わたしが先に望んだことだ。はしたないなど……むしろ嬉しくて、舞い上がりそうだ」

ソフィアのひたいに再び口づけ、フレディは彼女の膝裏に手を入れると、軽々と彼女を横向きに抱え上げてしまう。

「フレディ様……」

「あなたは軽いな。羽が生えているみたいだ」

至近距離でささやかれて、ソフィアは耳まで真っ赤になった。

「そ、そんな。天使でもあるまいに……」

「わたしにとって、あなたは救いの天使以外の何者でもない」

きっぱり言いきって、フレディは奥の寝室へと彼女を運んでいった。

きちんと整えられた寝台にソフィアを横にしたフレディは、まるで騎士のように彼女の足下にひざまずき、スリッパを脱がせてくれる。

「看護師らしく凜としているところも、献身的なところも、まさに白衣の天使というやつだな。だがわたしは、あなたの意外と抜けているところや、おっちょこちょいなところも好きなんだ」

「……わたし、抜けています？」

「少なくとも、蔦に絡まったわたしを泥棒だと決めつけ、水をかけてくるくらいには」

「あ、あれは……っ」

ソフィアは思わずあたふたした。

「た、確かに、その……、……短慮でした」

「自分の非を素直に認めるところにも好感が持てる」

フレディが小さく肩を揺らしながらうんうんうなずく。

からかうなんてひどいわと、ソフィアは思わずむくれた。

そうしているうちに、フレディも部屋靴とガウンを脱ぎ捨て、ソフィアの身体に覆《おお》いかぶさるように寝台に乗り上げてくる。

「ソフィア……」

ため息混じりにささやきながら、フレディはソフィアのくちびるにそっと口づけてきた。甘くとろけるような口づけだ。ソフィアがうっとりと目を伏せると同時に、フレディの大きな手が彼女の襟元にかかる。

夜着のリボンをほどくと、フレディは果物の皮を剝《む》くように、ガウンごとソフィアの衣服をするりと脱がせた。

「……」

下着は身につけていなかったので、夜着を落とされるともう生まれたままの姿だ。白い肌が月明かりの満ちる寝室に浮かび上がる。

ソフィアは恥ずかしさのあまり息を詰めていたが、フレディもまた、息をするのを忘れたように、彼女の裸身に見入っていた。

「美しい……なめらかな肌だ。こうして見ていると彫像のように整っているのに……」

「ん……」

「ふれてみると……信じられないほど柔らかい」

ソフィアの鎖骨から乳房へ手のひらをたどらせて、フレディが感嘆の面持ちでため息をつく。

彼の大きな手が自分の胸のふくらみを覆っている……ごつごつとした大きな手は、意外と繊細な動きで、ゆっくりふくらみをなでた。それだけで胸の頂《いただき》がちりちりして、なんだかむずがゆい。

「柔らかいな……」

小さくささやいたフレディは、ゆったりした手つきで乳房を揉《も》み、時折親指の腹で乳首をくにくにと刺激してくる。

肌寒さからかすかにしこっていた乳首は、ふれられるたびいっそう硬くなって、ぴんと勃ちあがっていた。

「ん、んぅっ……」

そのうち、フレディは両手で胸のふくらみをゆっくり揉んでくる。

硬い手のひらに乳首が転がされると、むずがゆさと紙一重の気持ちよさが湧いて、ソフィアは無意識に身をよじってしまった。

「はあ、ソフィア……っ」

フレディがごくりとつばを呑み、今度はくちびるを胸元に寄せてくる。

「あ、待っ……、あぁあ……！」

乳首を優しく吸い上げられて、ソフィアの背がくんっと弓なりになる。

胸を突き出すような格好になった彼女を、フレディは愛《いと》しげにかき抱いた。

そしてあめ玉でもしゃぶるように、ソフィアの左右の乳首を交互に舐《な》め転がしていく。

「ひあ、あぁ、あっ……、あぁああ……！」

乳首を刺激されるたび、ジンとした愉悦が肌の奥に生じて、ひっきりなしに声が出てしまう。

恥ずかしくて両手で口を覆うが、それに気づいたフレディが、無情にもその手を引きはがしてしまった。

「聞かせてくれ。あなたのその声、腰にくるんだ……っ」

少し苦しげなフレディの声に、ソフィアは不安よりも、ぞくぞくした高揚感を感じてしまってうろたえた。

「ん、でも……、んんぅ……！」

少し強めに乳房を吸われて、ソフィアは眉をひそめる。

見れば、彼が吸ったところに赤い吸い痕が浮かび上がっていた。

「あなたは色が白いから、少し吸っただけで鮮やかに色が出るな」

みずからの吸い痕を指先でなぞって、フレディが少し満足げにつぶやく。独占欲がうかがえるそのまなざしに、ソフィアは再びどきどきしてきた。

「下も……さわっていいだろうか？」

腰元にわだかまるソフィアの夜着に手をかけながら、フレディが問いかける。もし駄目だと答えたらどうなるのかしらと思いながらも、ソフィアはこくりとうなずいた。

夜着がガウンごと引き下げられ、足先から抜き取られる。完全に裸になってしまって、ソフィアはなんともいたたまれない気持ちに駆られた。

一方のフレディは「きれいだ」とつぶやき、ソフィアの腹部から臀部《でんぶ》までのラインを大きな手のひらでなぞっていく。くすぐったさと気恥ずかしさに、ソフィアの口元がむずむずと震えた。

「足を、開いてくれないか？」

ソフィアは無言のまま、そろそろと両足を開いていく。だが大きく開くのはためらわれた。彼の手が少し入るくらいまで開いたあとは、動けなくなってしまう。

フレディはそんな彼女の恥じらいを察して小さくほほ笑む。そしてみずから彼女の膝裏に手をかけ、両足を大きく開かせた。

「……っ」

足のあいだの恥ずかしいところが丸見えになり、ソフィアは思わず足を閉じようとする。しかしフレディがすかさず身体を入れてきたため、彼の胴を挟むだけに終わった。

「そんなに恥ずかしがらなくていい。なんなら、わたしも脱ごうか」

「えっ」

彼は言うなり、唯一残っていた下穿きをさっさと脱ぎ捨てていく。

すると当然、女性にはない器官も露わになって、彼女は思わず目を泳がせてしまった。

（は、恥ずかしすぎる……っ）

……看護師という仕事上、男性の『そこ』を見てしまった経験は一度や二度ではない。外科手術で見ることもあれば、患者を朝起こしに行ったとき、なにかの拍子で勃起しているところを見たこともあった。

ただの生理現象だと思うだけで、近頃はなんとも思わなくなっていたというのに。

どうやら相手がフレディだと、なにもかも調子がおかしくなってしまうようだ。

「力を抜いて、ソフィア」

優しく声をかけられ、そっぽを向いていたソフィアはそろそろと目を開ける。

だが飛び込んできたのは、彼がまさにソフィアの秘所にくちびるを寄せようとしている姿で、彼女は思わず身体を起こして止めようとした。

「だ、駄目ですっ、そんなところ……！」

だが一歩遅く、フレディは伸ばした舌先で、ソフィアの陰唇のあわいをぬるりと舐め上げてきた。

「ひぅっ……！」

なんとも言えない妙な感覚に腰がびくんと跳ね上がる。

フレディはソフィアの様子を上目遣いに確かめながら、二度、三度とそこをぬるぬると舐め上げてきた。

「……っ、ぅ、あ、あぁ……っ」

ソフィアは思わず震える声を漏らす。

ぬめった舌で蜜口あたりをくり返し舐められ、手足が小刻みに震えてきた。

力が抜けて寝台に沈み込みそうになる中、フレディは舌を上へ滑らせ、ある一点をぬるっと舐め上げてくる。

「あぁっ！」

途端に腰奥がかっと熱くなるほどの快感が走って、ソフィアはつい大きな声を出してしまった。

鮮烈な刺激に目を白黒させているうち、にやりと笑ったフレディが二度、三度とそこを舐めてくる。

わざとぴちゃぴちゃと音を立てながら粒を舐められ、ソフィアは羞恥と快感に真っ赤になってあえいだ。

「ひ、あっ、あぁ、や、そこ……っ、あぁあ、いやぁ……！」

腰の奥が熱くうねるほどの快感に、ソフィアは頭を打ち振って身悶《みもだ》える。だがフレディは刺激を緩めるどころか、いっそう強く舌を押しつけ、そこを舐め倒してきた。

「あぁあああ……ッ！」

ソフィアはたまらず、白い喉を反《そ》らして嬌声《きょうせい》を上げる。頭の芯まで熱くなってきて、身体の奥がひどく切なくもどかしい思いに囚《とら》われた。

「う、あぁ、やだ……っ、ああ、なにか……あ、あ、あっ……」

身体の奥から熱さがせり上がるような感覚が生じて、ソフィアは困惑する。下腹部の奥から喉の奥まで、じりじりとあぶられているみたいだ。じっとしていられない。

未知の感覚が怖くて、とっさにフレディの頭を押しやろうとするが、彼女の細腕でそれが叶《かな》うはずもない。

フレディ自身、多少髪の毛が引っぱられた程度では眉ひとつ動かさなかった。

「あぅうっ！」

きつく花芯を吸われて、ソフィアの腰がびくんっと浮き上がる。

彼女が明確な反応を返せば返すほど、フレディは彼女を啼《な》かせることに執心していくようだ。

花芯を舐め転がされながら、今度はぬめりをおびてきた蜜口あたりで指先を動かされる。

浅いところで、まるでくすぐるような動きをされて、ソフィアは「ひっ、んん！」と腰を震わせた。

「指を入れても……？」

蜜口で指を遊ばされながら、少しかすれた声でささやかれる。

その熱い吐息が花芯にかかるだけで、ソフィアはびくっと震えてしまった。

こくこくとうなずくと、フレディはゆっくりと節くれ立った中指を蜜口へと差し入れてくる。抵抗感があるものだと思ったが、度重なる愛撫《あいぶ》でそこはすっかり濡れていた。蜜を絡ませた指先は、するりと奥まで入ってくる。

フレディが「ああ……」と小さく感嘆のため息をついた。

「あなたの中は、熱いな。よく濡れて、うねっている……」

「い、言わなくていいですから……っ」

恥ずかしすぎる。それ以上にフレディがうっとりと陶酔の表情をしているのがいたたまれない。

フレディは再び熱心に花芯をねぶり、同時に中を探るように指をゆっくり抜き差しする。痛みはないが、やはり自分の内部を異物が行き来する違和感はぬぐえない。ソフィアはなるべく息を吐き、落ち着こうとした。

「んんぅっ……！」

フレディが乳首をそうしたように、花芯も強く吸い上げてくる。

その瞬間、身体の内側で渦巻いていた愉悦がぶわっと大きくなり、全身が大きく震えた。

「んあぁああ……ッ！」

思わず悲鳴じみた声が漏れる。熱さが炎のように全身に広がって、一拍遅れてどっと汗を噴きださせた。

「はっ、はぁ、はあ……っ」

「達してしまったのか？　中が、すごく締まった」

フレディがどこか楽しげにささやく。

ソフィアはゆるゆると首を振って、自分の意思でそうなったわけではないと伝えようとするが、実際に通じたかははなはだ謎だ。

フレディは花芯から顔を上げ、再び胸を舐めしゃぶりながらゆっくりと指を抜き差しする。たまに膣壁のふくらんだところをこすり上げて、ソフィアが声もなくふるふると震えるのをうっとり見つめていた。

「……快感に悶《もだ》えるあなたも、信じられないほど愛らしい」

愛らしいのだろうか？　こんなあられもない姿が？　とソフィアはつい考えてしまう。だが彼の指先が膣壁のふくらんだところをくり返し擦り上げてきて、悠長に考え事をしている場合ではなくなってしまった。

「んあぁああ……！」

ちょうど花芯の裏当たりだ。そんなところに、これほど感じる箇所が隠されていたなんて。

フレディは手をぐるりと回して、手のひら全体で秘所を包むように刺激してきた。指を蜜壺に埋めながら、手のひらの付け根で花芯をぐりぐりと圧される。中と外、両方からの刺激にソフィアはびくびくと腰を跳ね上げた。

「んぅ、ああ、あっ、あぁっ……！」

おまけに乳首を吸われ、舐め転がされて、あちこちから与えられる愛撫に身体の奥はたちまち熱く燃え上がっていく。

せっぱ詰まったあの感覚が再びせり上がってきて、ソフィアははぁはぁと喘《あえ》ぎながら頭を打ち振った。

「も、もぅ……っ、フレディさま、また、あぁ……っ」

「何度でも達していいんだ。ああ、ソフィア……！」

フレディが感極まった様子で彼女のくちびるに吸いついてくる。

「んんぅっ……！」

呼吸まで奪われるようで苦しかったが、その苦しさが、身体に渦巻く快感に拍車をかけていく。

舌を吸い上げられ、乳首をこすられ、膣壁も花芯もぐちゅぐちゅとすり上げられて、ソフィアはあえなく絶頂へ押し上げられた。

「んンぅ――ッ……‼」

声にならない声を上げて、ソフィアはがくがくと全身を激しく震わせる。膣壁がきゅうっと激しくうねって、フレディの指を締めつけた。

「……っ」

強い締めつけに驚いてか、フレディが指を引き抜く。それを追うように大量の蜜がどっとあふれて、内腿《うちもも》やシーツを汚していった。

ソフィアも一気に脱力して、寝台にぐったりと横たわってしまう。

「はぁ、はぁ、っ、あぁ……っ」

なかなか息が整わない。身体中が甘い倦怠感《けんたいかん》に支配されて、頭の芯までぼうっとかすみがかかっているようだった。

「とてもよかった、ソフィア」

こめかみに口づけられて、ソフィアはゆるゆると瞼《まぶた》を上げる。

見ればフレディが彼女の足を持ち上げて、再び指を埋めているところだった。

「んんっ……」

先ほどまでより圧迫感がある。中で指がばらばらに動くのを感じて、フレディが指を二本差し入れたのがわかった。

「先ほどよりもっと指に吸いついてくる感じがするな……。わたしがほしいと言っているみたいだ」

フレディは不敵にほほ笑んで、彼女の下腹部あたりに口づけてきた。

彼の銀色の前髪が腹部にふれてきて、くすぐったさにかすかに肩を揺すってしまう。

フレディはそのままソフィアの胸元や首筋、顔中にキスの雨を降らせてくる。そして蜜口から指を引き抜くと、彼女の足を再び大きく開かせて、自身の切っ先を蜜口にぴたりとあてがった。

指とは違うなにかが押し当てられる感覚に、ソフィアはそろそろと目を開く。

怖い物見たさで下肢に目をやると、ちょうど彼の先端が蜜口にぐちゅりと入り込むところだった。

「あぁうっ……！」

指で慣らされたとはいえ、やはり勃起した男のものは、それとは比べものにならいほど太くて――熱い。

「力を抜いてくれ。息を吐いて……」

フレディがソフィアの髪をなでながら耳元でささやく。

ソフィアは言われたとおり息を吐いたが、身体の奥を引き裂くような痛みは簡単に消えるものではない。

「……っ」

ともすれば息を詰めてしまいそうになる中、ソフィアは涙を浮かべつつも、懸命に深い呼吸を心がけた。

そうしてどれくらい経ったのか。ソフィアを気遣い、ゆっくりと彼女を押し開いていったフレディが「ふうっ……」と大きく息をついた。

「……？」

「全部入った。……ソフィア、大丈夫か？」

どうやら一物が入りきったらしい。

さっきちらっと見えた彼のものは、かなり長くて大きいように感じたから、あれが全部入ったというのは驚きものだ。医学的に普通のことだと、勉強してわかっているはずなのに。

「痛むか?」

「……少し」

「なら、しばらくこのままでいようか」

ソフィアを気遣い、フレディはすぐには動かず彼女をぎゅっと抱きしめる。

ソフィアもそうだが、フレディもいつの間にか全身にじっとり汗を掻いていた。抱きしめられると彼の体温が移ってくるようで、なんだかくらくらしてくる。

こうしているだけでも充分心は満たされるが、フレディのほうは衝動が募《つの》るばかりだろう。先ほどから歯を食いしばって、動こうとするのをこらえているのがわかる。

「あの……動いて? 大丈夫ですから」

「しかし……」

「あなたがつらそうなのがいやなの」

ソフィアは正直な気持ちを告げる。ままならない快感をこらえるフレディの姿は、夜眠れなくて苦しむ姿を思い起こさせるため、なんとも切なく思えるのだ。

フレディは迷っている様子だが、実際にじっとしているのもつらかったのだろう。

「どうしても痛くて無理だと思ったら言ってくれ」

と声をかけて、ゆっくり腰を引いていった。

「あ、あっ……」

反り返った肉竿が徐々に出て行く……なんとも不思議な感覚だ。痛みよりも本当に自分の中に入っていたのかという驚きが強い。

そうしてギリギリまで肉棒を引き抜いた彼は、今度はゆっくり奥まで埋めていく。最初よりもスムーズに奥まで入ったが、やはりめいっぱい広がった入り口は痛くて、ソフィアはかすかに涙ぐんだ。

それでも痛いと口にすることはなかった。フレディが気遣ってくれていることは充分わかったし、この痛みでさえ、明日になれば愛しくなることがわかっていたからだ。

(明日になったら、しばらく会えないもの……)

そう考えると、痛みでいいから、なにか自分に刻みつけていってほしいと思わずにはいられない。

こんな被虐的なことを自分が思う日がくるなんて。これが恋も持つ力なのかと不思議に思うくらいだ。

「すまないな。痛い思いをさせてしまって……」

ソフィアの瞳がうるんでいるのを見て、フレディが本当に申し訳なさそうに眉尻を下げた。

「あなたには、気持ちいいことだけ覚えていてほしいのに」

「いいの。気にしないで。もっとぎゅっとして……」

ソフィアの求めにフレディはしっかり答えてくれる。彼女の細い身体を抱き込んだフレディは、その顔中にキスの雨を降らせて、ゆっくり腰の動きを速くしていった。

入り口こそ痛むものの、硬く張り詰めた肉棒に膣壁をこすられる感覚はそこまでひどいものではない。

むしろ……痛みが引いていくにつれ、また腰の奥が熱くぐらぐらと煮え立ち始めた。

「はぁ、はぁ……っ、んむ、んっ……」

フレディのくちびるがソフィアのくちびるをふさぐ。

激しく舌を絡ませ合うと頭の奥がぼうっとしてきて、どんどん熱に浮かされていくのがわかった。

「……っ、はぁ、ソフィア……ソフィア……っ」

長い口づけを終えたフレディがうわごとのようにソフィアの名を呼ぶ。そのかすれた声に、ソフィアは多いに欲情をあおられた。

「ん、んっ、んあ、あぁ……は、あ、はあっ……」

気づけば甘やかな声がくちびるから漏れてくる。フレディの動きもあまり遠慮がなくなってきた。

「ソフィア……」

フレディに呼ばれるだけで涙が出そうになる。嬉しいのに、胸の奥がきゅっとつかまれたみたいに切ない。

痛みがあっても、苦しくても、潰れそうなほど抱かれてもいいから、このままの時間が続いてほしいと思った。終わってしまったら、彼と離ればなれになる。

フレディもそう思っていただろうが……つい先ほどまで処女だった膣壁にきゅうきゅうときつく吸いつかれて、限界が訪れたらしい。

「ううっ……！」

大きくうめいた彼は、獣じみた動きで腰を打ちつけてくる。身体が浮くほどの抽送にソフィアはびくびくっと激しく震えた。

やがて、蜜壺の中でひときわふくらんだ一物が、不意にずるっと引き抜かれる。

直後、ソフィアの白い腹部の上に、どくどくと熱い白濁が注がれた。

「あぁああ……ッ！」

ソフィアは手足をこまかく震わせ、その熱さに感じ入る。

フレディは、はぁはぁと息を荒げながらソフィアの太腿《ふともも》を持ち上げ、未だ精をこぼす肉棒を柔らかな内腿で挟み込んだ。

そうして再び彼は腰を動かしてくる。肉棒が花芯をこする感覚が気持ちよくて、ソフィアは「あ、あ……っ」と弱々しく声を漏らした。

間断なく続く気持ちよさに、ソフィアは羞恥よりも多幸感を覚えて、うっとりと目を伏せる。

もっと味わいたいと思ったが、初めての行為に対し、身体はすっかり疲れ切っていたらしい。

下肢から立ち上る気持ちよさに身を震わせながらも、ソフィアはほどなく意識を手放したのだった。


気がついたときには、もう翌朝になっていた。

窓から入る明かりをぼんやり眺めながら寝返りを打とうとしたソフィアは、下腹部に感じた痛みに思わず顔をしかめる。

と同時に昨夜のことを思い出し、はっと息を呑んで起き上がった。

客間の寝室にはソフィア一人だけだった。痛みを押して寝台を降り、ガウンを羽織るのもそこそこに扉を開けて居間に飛び込む。

「いない……」

居間にもひとの気配はなかった。彼が荷造りしていた鞄もなくなっている。

律儀な彼らしく、部屋はすっかり片づいていた。

そのせいか、最初からフレディがここにいたことが夢だった気さえしてくる。

「夢じゃないわ」

ソフィアはそっとつぶやく。現に、寝台からここまで動いただけで、両足はがくがく震え、彼を受け入れた蜜口や下腹部はツキツキと痛みを訴えていた。

そっとガウンの前を開けて朝日に胸元をさらせば、昨日彼がつけた吸い痕も見える。

「……」

だが、フレディが行ってしまったことはまぎれもない事実だ。きっと別れを惜しんで、ソフィアが寝ているうちにこっそり出発したのだろう。

面と向かって別れることになったら、みっともなく泣き出してしまう可能性もあったから、その別れは正解だったのだろうが……やはりさみしさや、どうして一声をかけてくれなかったの、という恨みめいた気持ちはぬぐえない。

が、さみしかろうが恨めしかろうが、ソフィアがあとできることを言えば、彼がなるべく早く戻ってきてくれるのを待つことのみだ。

彼が残した吸い痕をそっとなでながら、ソフィアはこぼれそうになる涙をぬぐう。

そして今日も看護師としての仕事に向かうため、自室へ戻り、痛みをこらえてきぱきと着替えていくのだった。

第二章　再会と任命

　それからというもの、ソフィアは悲しみや喪失感を振り払うように、いっそう熱心に看護師としての仕事に取り組んだ。忙しいほうがあれこれ考える時間がないだけにありがたい。

　しかし、フレディがアラカを発って二週間も経った頃だろうか。

　突然、領主である父アダーソン伯爵から「すぐに帰ってこい」という連絡を受けたのだ。

　知らせを受け、仕事から別館に戻ると、迎えの馬車まですでに用意されていた。おかげでソフィアはほとんど着の身着のまま、アラカを出発することになったのだ。

（戦後の忙しさも落ち着いてきたから、おまえもいったん家に戻れ、ということかしらね？）

　だとしても、こんなに急に連れ戻されるのはおかしい。

　悶々《もんもん》としながら、伯爵領の中心である本邸へと到着したソフィアは、出迎えに出てきた家令に急《せ》かされ、すぐに父の書斎へ顔を出すことになった。

「おお、ソフィア、久しいな！　急に呼び出してすまなかった」

久々に顔を合わせる父はずいぶん疲れた顔をしていた。背がやや低く、年々腹部が出っ張ってきたなぁと思っていたが、今はそこがすっかり引っ込んで、頭髪もさみしくなっている。

「いいえ、大丈夫です。お父様、ずいぶんお疲れのようですね」

「うむ。戦時中はどうしても神経をすり減らすことばかりだったからな。終わったら終わったで戦後処理やらなにやら……それもようやく終わりが見えてきてほっとしたところに、この書状だ。読みなさい」

机からなにやら取り上げた父伯爵は、それをソフィアに手渡す。

ソフィアは首をかしげながら書状を広げたが、文面にざっと目を走らせ、思わず表情をこわばらせてしまった。

「なんですって？　『国内の伯爵家以上の家格出身の未婚令嬢は、もれなく王太子殿下の花嫁選びに参加すべし』……？」

――どうやら、無事に隣国での戦争が終わったので、延び延びになっていた王太子の妃《きさき》選びを王城で開催するらしい。

伯爵家、侯爵家、公爵家の未婚の令嬢は、健康上の理由か、すでに婚約済みである場合を除き、必ず王太子妃選びに参加せよとの内容がしたためられていた。王太子殿下だけでなく、国王陛下の署名まである。

――つまりはこれは王命で、貴族である限り逆らえないということだ。

「王太子殿下は今年二十三歳におなりだ。結婚するにはまだお若いが、我が国の国王陛下はここ数年ほど体調が思わしくない。隣国の戦争が王位争いを発端にしていることもあって、早く孫の顔を見て安心したいのだろう」

「国王陛下の体調が優れないのは……存じませんでしたが……」

ソフィアは呆然とつぶやく。とまどう娘にさもありなんとうなずきながらも、父伯爵はきびきびと言葉を継いだ。

「ここは辺境だけに、王都まではどんなに急いでも半月はかかる。王太子妃選びが始まるのは二十日後だ。すでに王都の屋敷には早馬で報《しら》せたから、王城に上がる準備はおまえの兄に任せようと思う。あわただしいが、明日には出発するつもりで――」

「まっ……待ってください、お父様！」

当然のように娘を行かせようとする父に、ソフィアはあわてて声を上げた。

「実はわたし、結婚を考えている殿方がいらっしゃるんです。だから王太子妃の選考は辞退させてください！」

ソフィアの決死の告白に、伯爵はぽかんと口を開けて……やがてひきつけを起こしたようにぶるぶる震えだした。

「な、な、なんだとぅ⁉　おまえ、真面目に看護師勤めをしていると思っていたら、いつの間にそんな相手を……⁉　ど、どこの誰だそれは⁉　まさか傷病軍人としてやってきていたうちの一人とか言うのではないだろうな⁉」

傷病軍人……にフレディは入るのだろうか？　確かに治療は受けていたけど。

「陸軍の中将様で、終戦後すぐに部下のお見舞いにいらしていたの。けれどご自身も過酷な戦場暮らしで、少し気がふさいでいらして。それからしばらくアラカで療養されていたの」

「つ、つまり、おまえはそのあいだに、そのぉ……」

「彼と恋に落ちて、結婚の約束をしたのよ」

父伯爵は急にめまいを感じたらしく、額を片手で押さえよろよろと椅子に座り込んでしまった。

「黙っていてごめんなさい、お父様」

「……ま、ま、まったくだ！　だいたい、結婚を考えているなら、なぜその相手をわたしのところへ連れてこない！　紹介するのが筋だろうがッ！」

まったくもってその通りである。そのことについては素直に「ごめんなさい」と頭を下げつつ、ソフィアは必死に説明した。

「彼はちょっと事情があって、今はアラカにいないのだけど、用事が済んだらすぐに戻ってきてお父様のところに挨拶に行くとおっしゃってくれたわ」

父伯爵は思いきり眉をひそめて、「信用できん」と言い放った。

「それだけ聞いたら、おまえが一時もてあそばれて捨てられたようにしか考えられんぞ。……はぁ～、やっぱり看護師として働かせたのは間違いだったのか？　上の娘たちのように早くから淑女教育をはじめ、社交界に連れて行ってやればこんなことには……」

頭を抱えてため息をつく父に、ソフィアはむっとくちびるを尖らせた。

「彼はとても真面目で仕事熱心な方よ。だからこそ戦場暮らしから心労をわずらって、苦しんでいらしたのだから」

「どうせそういう演技をしていたんだろう。看護師の同情を買うには病気になるのが一番だからな」

「お父様、わたしの話を信じてくださる気がないの？」

「ふらっと現れた男にまんまと騙《だま》され、王命に背こうとする娘の話など、信じられるわけがないだろうが！」

こぶしでテーブルをどんっと叩《たた》いて、父伯爵は眉を吊り上げた。

「結婚を約束したというその男が今わたしの目の前にいて、娘をくださいと頭を下げてくるなら考えんこともない。だがその男はいつおまえのところへ戻ってくるかもわからないのであろう？」

それはその通りなので、ソフィアはしぶしぶうなずく。

それ見ろ、と言わんばかりに父は鼻を鳴らした。

「どうせ騙されたのだろう。結婚など口約束だ。きっとそいつはここに戻ってはくるまい」

「わたしはそう思わないわ。彼はきっと戻ってくる」

はっきり答えながらも、ソフィアの胸には重苦しい気持ちが広がっていた。

確かに自分の話だけ聞いたら、父のように考えるひとが大半だろうと思えたからだ。

（でも、フレディ様が精神的につらい思いをされていたのは事実だわ。わたしの目は騙せても、医師の目まで騙せるとは思えない。それにああいう性格の方が、一時の快楽のために誰かを抱くというのも考えにくい……）

性欲を発散させたいだけなら、ソフィアのような貴族の娘を相手にするのはそもそも面倒が多すぎる。

と、思うのだが、今の父にはなにを言ってもきっと無駄だ。

うなだれるソフィアに対し、父も少し言い過ぎたと反省したのか、先ほどよりは柔らかい口調で娘に言い聞かせてきた。

「相手がいつ戻るかもわからぬ状態では、王命に背いてここに居続けることはできない。……なぁに、こんな田舎育ちのおまえが王太子妃に選ばれることなど、万に一つもありえん。選考で落とされたら、すぐに帰ってくればいいではないか」

……確かに。王太子と面識もなく、社交界デビューもしていない自分が、王太子妃になる可能性は限りなく低い。

選考と言っても時間はさほどかからないだろうし、もしかしたら辞退希望者は帰っていいと早々に言われるかもしれない。

父の言うとおり、王命には逆らえないのだ。それならば行くだけ行って、さっさと帰ってくればいいだけの話だろう。

「――お父様のおっしゃるとおりですわ。とりあえず王太子妃選びに顔を出してきます。……代わりに彼が挨拶に訪れたなら、門前払いせずにきちんと出迎えてさし上げてください。お父様がなんと言おうと、わたしは彼を信じています」

「……そこまで言うなら、会うだけ会ってやろう。とにかく、今はその男のことは忘れて、王都に出発する支度をしなさい」

到着したばかりでせわしないが、とつけ足す父にうなずいて、ソフィアはさっそく荷造りをはじめた。

とはいえ、準備するものなどそうそうない。当座の着替えと暇つぶしの本を持っていく程度だ。王都までは執事が一緒についてくるから、お金の心配もしなくていい。

本邸の使用人たちは、せっかくソフィアが何年かぶりに帰ってきたのに、もう行ってしまうなんて、とさみしげに別れを惜しんでいた。

「どうせすぐ帰ってくることになるわ。みんな、それまで元気でね」

ソフィアは努めて笑顔で挨拶して、翌早朝、さっそく王都へ向けて出発する。

朝早い時間にもかかわらず見送りに出た使用人たちに、ソフィアは馬車の窓から少し身を乗り出して、大きく手を振り続けた。

——しかし、せわしないことだ。二、三日前にはこんなことになるとは露ほども思っていなかったのに。いきなり王都に行くことになるなんて。

（でも、どんなに忙しくしていても、やっぱりフレディ様のことを考えてしまって憂鬱になるばかりだった。いっそ王太子妃選びとやらに参加して、環境をがらっと変えたほうが、思いわずらうことがなくていいかもしれないわね）

思いがけず始まった旅をそんなふうに考えて、座席に腰かけたソフィアはまっすぐ前を向き、くちびるを引き結ぶのだった。


王国の辺境であるアダーソン伯爵領から王都までは、馬車で二十日の距離だ。

だが今回は王城に上がるための支度も待っている。そのため少々馬車を飛ばして、二週間で王都入りすることになった。

おかげで馬車はガタガタと大きく揺れ続けるし、そこにずっと押し込められてばかりなので、最初の何日かは乗り物酔いを起こして吐いてしまうこともままあった。

座りっぱなしのお尻も痛くて、そろそろ皮が剝けるんじゃないかしらと危惧した頃に、ようやく王都が見えてきて、ソフィアは心からほっとした。

(久々の王都だわ。前にきたのは戦争が始まる前で、お兄様に二人目の子が生まれたとき以来ね)

あれからもう四年くらい経っているから、その子もきっと大きくなったことだろう。

甥や姪《めい》に会えることを楽しみに、引き続き馬車に揺られて、なんとか日が暮れる前に王都の伯爵邸に到着する。

そこで暮らす兄夫婦は、わざわざ玄関まで出てきてソフィアを出迎えてくれた。

「しばらく見ないあいだに大きくなったなぁ、ソフィア！」

ソフィアが馬車から降りるなり、兄は子供のように笑顔になってソフィアをぎゅっと抱きしめてきた。

夫のあとに続いた義姉《あね》も、「本当にきれいになって」とソフィアを感慨深げに見つめる。

「ご無沙汰しております、お兄様、お義姉《ねえ》様。これからしばらくご厄介になります」

「うんうん。選考会まであと数日あるから、ゆっくりしていけ」

「あら、そうは行きませんわ。王城に上がるためのドレスを用意しないといけませんもの。

それに美容面も少しあれこれしたほうがよさそうね……安心してね、ソフィアさん。わたしがすべて面倒を見るから。大船に乗ったつもりでいらっしゃい」

ソフィアの荒れた手や、しばらくはさみを入れていない黒髪をしげしげ見た義姉は、そう言ってどんっと自分の胸元を叩く。ソフィアは思わず引《ひ》き攣《つ》った笑みを浮かべた。

「ありがたいですけど、その、お手柔らかに……」

だが、まったく『お手柔らか』にはならなかった。

さっそく客間に通され、入浴を勧められたソフィアは、義姉のメイドたちによって服を剝ぎ取られ、全身を泡立てた石けんで磨かれてしまう。

「アラカの温泉のおかげでお肌自体はきれいだけど、やっぱり手指の荒れや日焼けが気になるわ。せっかく王城に上がるのですもの。しっかり美しく装わなければ！　あなたたち、頼むわよ！」

「はい！」

義姉の指示を受けたメイドたちは、その後もソフィアの爪を磨いたり全身にクリームをすり込んだりと、滞在中は総出であれこれがんばってくれた。

義姉自身も、翌日にはさっそくソフィアを仕立屋に引っぱっていって、ああでもないこうでもないとドレスや小物を吟味していた。

「普段着用のドレスは最低でも五着はほしいわ。訪問着と夜会服は二着ずつ。靴と手袋もいるわね。下着も全部新調するのよ！」

「お、お義姉様、わたしそんなにたくさんの服はいらないのですけど……」

「なにを言っているの。みすぼらしい格好をして行っては、伯爵家が笑いものになってしまうわ！　大丈夫、あなたはもともと美人だから、きちんとした格好をすれば最高に素敵になれるわよ！」

「……」

目をらんらんと輝かせている義姉を見ていると、できる限り早く領地に帰るつもりだとも言いづらい。兄も義姉と同じく「しっかりした格好で行かないと駄目だからな」と言っていたので、もう流れに身を任せようとソフィアは静かに目を伏せた。

そうして五日後。ドレスや靴が無事に届いて、王城に上がるための支度はととのった。

ソフィア自身も毎日風呂で磨かれ、クリームを塗られ続けたのでつやつやだ。コルセットで腰を締め、最新流行のドレスを身に纏《まと》い、義姉に借りた小物を手にしたソフィアは、一応は令嬢らしい状態に仕上がっていた。

「時間がなかったから完璧とはいかないけれど、王城に上がるのに失礼がない程度になれたわ。あとはもうあなた自身の魅力で王太子様にアピールしていくことね。がんばってね、ソフィアさん！」

「は、はい、ありがとうございます、お義姉様。ははは……」

「よーし、じゃあ出発だ！」

満面の笑みの義姉とメイドたちに見送られて、ソフィアは兄とともに馬車に乗り込むのだった。

(王城って大きいだけではなく、とにかく広くて迷いやすいのね……)

生まれて初めて王城に入ったソフィアは、前を歩く兄についていて歩きながらも、ついきょろきょろと周囲を見回してしまった。

国王をはじめとする王族が住まう場所らしく、どこを向いても豪華《ごうか》絢爛《けんらん》だ。床にも柱にも大理石が惜しみなく使われ、織り模様の美しい絨毯《じゅうたん》がどこまでも続いている。大きく取られた窓では、陽光を反射してガラスがきらきらと輝いていた。

「ええと、客室棟の白バラの部屋……ああ、ここだな。ソフィア、ついたぞ」

手元のメモと扉に刻まれた模様を見比べ、兄が嬉しそうに口元をほころばせる。

どうやら王太子妃候補の令嬢たちは、客室棟と呼ばれるこの一画に集められるようだ。

ソフィアたちのほかにも、荷物を持って部屋を探す人々がちらほら見受けられた。

兄とともに白バラの部屋と呼ばれる部屋に入ると、すぐに奥からお仕着せに身を包んだ少女が出てくる。

「こちらに滞在予定のお嬢様ですか？」

「ああ。アダーソン伯爵家のソフィアだ」

「はじめまして、お嬢様。わたくしはリルと申します。選考期間中のお嬢様の専属侍女を務めさせていただきます」

「まぁ、そうなの。はじめまして、ソフィア・アダーソンです。こちらは付き添いできてくださった兄です」

「左様でございますか。では、付き添いの方にはお部屋をチェックしていただき、問題がないようであれば、ご帰宅をお願いいたします」

一通り部屋を見回した兄は「特に問題ないよな？」とソフィアに確認し、彼女も「ええ」とうなずいた。

「じゃあ、わたしはもう出るよ。王太子妃に選ばれることはまずないと思うが、田舎者の雰囲気丸出しで悪目立ちすることは避けろよな」

「お兄様ったら。失礼だわ」

ぷっと頬をふくらませる妹に明るく笑って、兄は片手を振って部屋を出て行った。

「仲のよいご兄妹なのですね」

「ええ。でも年が十以上も離れているせいか、今でも子供扱いされてしまうの。……笑わないでね？」

ソフィアがこっそりささやくと、侍女リルは「もちろんです」とほほ笑んだ。

「さて。選考会とは言うけれど、どんなことをするのか教えていただけるかしら」

「まずは、本日夕方から開催される舞踏会に出席していただきます。詳しい選考内容はそのときに説明がありますので」

「そうなのね。舞踏会か……」

生まれてこの方、一度も出席したことがない。

戦争になる前は、領地の本邸で開かれたパーティーに何度か出席したことがあるが、身内を集め田舎で行った催しなど、たかが知れていることだろう。

「ご到着したばかりで恐縮ですが、すでに昼を過ぎておりますので、そろそろお支度にかからせていただければと思います」

「そうね……わかったわ」

まずは入浴を、とうながされて、浴室に入る。

他人に身体を洗われるのにもここ数日でずいぶん慣れた。

たくさんの泡で髪を洗われながら、ソフィアはつらつらと（選考の説明の中に、辞退の仕方があればいいのだけど）と考える。

だがソフィアが辞退したがっていることなど知らないリルは、さっそく彼女を美しく飾り立ててくれた。

舞踏会が始まる三十分前に「できました」と言われたソフィアは、姿見に映る自分を見てかすかに目を見張る。

義姉が見立ててくれたパステルブルーのシフォンのドレスは、背筋がしっかり伸びているソフィアによく似合っていた。黒髪はほとんどをきっちり結い上げて、ほんの少しだけ横の髪を垂らす髪型にしてある。

ドレスの襟が深く開いているので、首には宝石付きの太いチョーカーが巻かれていた。華美ではないが、夏らしいすっきりとした装いである。

「ありがとう、リル。とても素敵だわ！」

「ありがとうございます。さ、お時間が迫っておりますわ。会場までご案内します」

嬉しげにほほ笑んだリルは、ソフィアに扇を持たせると、すぐに部屋を出た。

リルについて廊下を歩いていると、ほかの客室の扉も開いて、侍女に先導される令嬢たちと何度かはち合わせる。

「こんばんは」

とソフィアは挨拶するが、反応は令嬢によってさまざまだ。緊張のためか、びくっと跳ね上がった令嬢もいれば、聞こえているはずなのに完全に無視を決め込む令嬢もいる。

装いの気合いの入り方もそれぞれだ。宝飾品をこれでもかと身につけ堂々としている令嬢もいれば、目立ちたくないとばかりに、あえて地味にまとめている令嬢も散見された。

案内された大広間は大変きらびやかで、蠟燭《ろうそく》が何百本もあちこちに灯《とも》されていた。天井を飾るシャンデリアは、見ているだけで目がチカチカするほど大きく豪華だ。

広間の端に並ぶ食事は見た目だけでも芸術品のようだし、壁に掛かる絵画の額や、そこここに飾られた甲冑や壺は、蠟燭の光を反射するほどぴかぴかに磨き上げられている。

（別世界に迷い込んだ気分だわ……）

つい最近まで、傷病軍人が横たわる温泉地で汗まみれになって働いていたというのに。ずいぶん場違いなところへきてしまったという気分になって、ソフィアは興奮よりも、どこか醒《さ》めた感情を覚えてしまった。

「では、わたしはお部屋に戻っております。お戻りの際は、広間を行き交う従僕に声をかけてくだされば、部屋までお送りしますので」

リルはそう言って広間を出て行った。

ソフィアは周囲を見回し、とりあえず壁際に配置された長椅子のほうへ歩いて行く。

長椅子に腰かけ見るともなく会場を見ていると、どこからかとげとげしい声が飛んできた。

「まあっ、挨拶回りもしないで、いきなりくつろぎ出すなんて無作法ね」

振り返ってみれば、そこには派手に着飾った令嬢と、その取り巻きとおぼしき令嬢たちの一団が立っていた。

いかにも面倒そうなひとたちだわ……と思いながら、立ち上がったソフィアはスカートの裾をつまんで挨拶する。

「ごきげんよう、皆様。申し訳ございませんが、わたしはずっと領地住まいでしたので、皆様のお顔と名前を存じ上げなくて」

「まあっ、本気で言っているの？　わたくしの顔を知らないなんて」

先頭にいた令嬢がわざとらしく目を見開き、扇をパシッと手のひらに打ちつけた。

「でもいいわ、特別に教えてさし上げる。わたくしはヴィッツ公爵家のミュリエルよ。こちらはわたくしの大切なお友達たち」

「はじめまして、ミュリエル様。そして皆様。わたしはアダーソン伯爵家のソフィアと申します」

「アダーソン……。温泉があるところで有名な？　北の辺境の領地だったわね？」

「はい。わたしはその温泉地のアラカに長くおりまして」

「まあ。それでは正真正銘の田舎者ですのね」

……そんな目を瞠るほど驚かなくても。

思わず閉口するソフィアを、ミュリエルはざっと一瞥《いちべつ》した。

「当然、自分が王太子妃に選ばれるなんてあり得ない、とわかっていらっしゃるわよね？」

「……はあ、まあ」

「分不相応なのを自覚しなさい。王太子妃には血筋も教養も美貌も確かな、このわたくしのような娘がふさわしいのよ。わかったら、目立たず息を殺してやり過ごすことね」

ミュリエルは言うだけ言うと、ふんっと鼻を鳴らして踵《きびす》を返す。取り巻きたちがそれに続くのを、ソフィアはぽかんと口を開けて見送ってしまった。

（王都住まいのご令嬢って強烈だわ……）

そんな思いで立ちつくしていると、広間の奥のひな壇のところから手を叩く音が聞こえてくる。

見れば、少し派手なお仕着せに身を包んだ侍従が「皆様、お待たせいたしました」と声を張り上げているところだった。

「王太子殿下、並びに王弟殿下のご入場です！」

ソフィアはあわててスカートをつまみ、片足を引いて深々と頭を下げる。ほかの令嬢たちも同じように頭を垂れた。

ひな壇の奥の扉が開いて、そこから何人かが入場してくる気配がする。王太子と王弟、その護衛などだろう。やがて「面を上げよ」という凛々しい声が聞こえてきた。

そっと顔を上げると、ひな壇には男性たちがずらりと並んでいた。

あらかじめ用意されていた椅子の前に立つのが、妃選びの主催者である王太子オスカー殿下だろう。

金髪碧眼《へきがん》の、いかにも王子様という立ち姿だ。白の夜会服がよく似合っていて、近くの令嬢たちが、ほぅ……っと感嘆のため息をつくのが聞こえてきた。

（王太子殿下の絵姿は辺境にも回ってくるから、だいたい想像していた通りだけど……王弟殿下については、あまり聞かないのよね）

おそらく王太子の隣に立つ、軍服を着込んだ男性が、その王弟殿下だと思うのだが……

何気なく目をやったソフィアは、思わず「えっ？」とひっくり返った声を上げてしまった。

幸い、ひな壇からは距離があるのでとがめられることはなかったが、近くにいた令嬢たちが驚いた様子でこちらを見つめる。

ソフィアはあわてて口元を押さえたが……心臓がばくばくしていて、全身に冷や汗が浮かぶのは止めようもなかった。

（だって、王太子殿下の隣にいるあの軍人って……！）

遠目だからはっきりわからないけれど、あの銀髪と、広間を見回す藍色の瞳は、間違いなく――

（フレディ様だわ……！　どうして、王太子殿下の隣にいるの⁉）

それも王弟殿下として、って……

（いったいどうして？　彼は陸軍将校のはずでしょう？）

いや……王族であっても、軍に所属すれば階級で呼ばれるものかもしれない。あの若さで中将になるほどだから、貴族には違いないと思っていたが――

（まさか王弟殿下だったなんて……！）

ということは、彼が言っていた『甥』というのが、王太子殿下ということか？

――頭の中が驚きと混乱でいっぱいだ。

ソフィアが悶々としているあいだにも、王太子オスカーはにこやかに挨拶を行っている。

「皆、このたびは突然の招集にかかわらず、よく集まってくれた。ここ数年は隣国の争いの余波で、このような華やかな催しもほとんどなかっただけに、今日は若者らしく楽しんでくれることを願っている」

そしてオスカーは高らかに手を叩いた。すると一度閉ざされていた広間の入り口が開かれて、年頃の令息たちがわらわらと入ってくる。楽団も音楽を奏で始め、広間はあっという間に舞踏会の雰囲気に染まっていった。

「どうして男のひとたちが入ってきたの……!?」

ソフィアのすぐ近くで、垢抜《あかぬ》けない令嬢が興奮とあせり混じりの声でささやく。

すると近くにいた令嬢が「あら知らないの？」と小馬鹿にするように鼻を鳴らしてきた。

「王太子殿下は戦争の余波で社交界デビューが難しかった若者たちに、デビューと出会い

わけよ」

「で、でも、わたしたちは王太子妃候補として集められたのだから、ほかの殿方との交流なんて不謹慎じゃ……」

「馬鹿ねぇ、これだから田舎者は。国中の令嬢を集めたところで、王太子妃になれるのはひとりだけなのよ？　選ばれなかったその他大勢は結局くたびれ損じゃない」

　確かに、と聞き耳を立てていたソフィアは思わずうなずいてしまった。

「だから王太子殿下は出会いの場を用意して、選考から漏れた令嬢たちも、それなりに楽しい思いをして家に帰れるようにって配慮してくださったというわけよ」

　訳知り顔の令嬢の説明に、ソフィアはなるほどといたく感心してしまった。

　そのあいだも王太子の言葉は続いていく。

「わたしは今回の選考で、わたしにとって、そして国にとって、最良の王太子妃を選びたいと希望している。だが、中には不本意ながら足を運ばざるを得なかった令嬢もいることだろう。もし選考を辞退したい場合は、部屋付きの侍女か侍従に申告してくれ。相応の手当てを出し、王都のご実家や滞在先に送り届けるつもりだ」

　それを聞いて何人かの令嬢がほっと安堵《あんど》の息をつく。きっとソフィアのように辞退できるものならしたいと思っていた令嬢たちだろう。

ソフィアも、フレディを見つける前だったら、一も二もなく辞退していたところだが……。

ソフィアはちらりとフレディに目をやる。

王太子が話している最中も、フレディは石のようにその場にたたずみ、どこか一点を見つめていた。王太子が動くときは少し視線を動かすから、おそらく王弟というより、ほとんど護衛のような気持ちであそこに立っているのだろう。

（フレディ様らしいと言えばそうだけど……そもそもお仕事をされても大丈夫なのかしら？　不眠はもうよくなったの？　この距離じゃなにもわからない）

考えはじめたらもう止まらなかった。こうして彼を見つけてしまったからには、一言も言葉を交わさず伯爵家に戻ることなどできるはずがない。

なんとかフレディと話をしたい。でも、どうやって？

（リルに言付けてもらうとか？　……できるのかしら。それに王太子妃候補としてきているわけだから、王弟殿下に会いたいというのは不審がられるのでは……？）

不審がられる以上に不誠実だと軽蔑されるかも……。

（というか、自分が王弟だと明かさなかったフレディ様に、まず問題があると思うわ！）

このことはあとでたっぷり聞かないといけない。

と、ソフィアが考えていたときだ。

人混みからこちらにふらふら歩いてきた令嬢が、ソフィアのすぐそばで苦しげに膝をついてしまう。

しゃがみ込むと言うよりは倒れ込むという仕草に、ソフィアは驚きつつも反射的に動いていた。

「あなた、大丈夫？　気分が悪いの？」

とっさに駆け寄ると、周囲の人々が何事かという顔でこっちを見つめてきた。

令嬢は青い顔をしながら「だいじょうぶ……」と答えたが、とてもそうは見えない。ソフィアはすぐに声を上げた。

「誰か！　休める場所に案内してください」

すぐに何人か近寄ってきた。ソフィアは令嬢に肩を貸し、従者の助けも借りてなんとか立ち上がる。

だがそれに水を差すように、近くの令嬢たちが「まあっ」と眉をひそめてきた。

「このような場で倒れるなんて、無作法なこと！　――あなたも、健気《けなげ》にひとりで立ち去ろうとしていた令嬢をそのように辱めて、恥ずかしいとは思わないの？」

――倒れた令嬢だけでなく、介助するソフィアの行為も、見るひとによってはそう見えるらしい。

ソフィアは思わず、その令嬢を振り返った。

「そうやって体面を守った結果、彼女が重症化したらどうするの？　急病で、すぐに医者に診せなければいけない状態だったらどうなると思うの？」

「なっ……」

反論されると思っていなかったのだろう。令嬢は目に見えてうろたえた。

彼女にかまわず歩き出したソフィアは、どんどん集まってくる人々に声を張り上げる。

「どきなさい！　見世物じゃないわ、急患です。早く通して！」

野次馬《やじうま》たちはひるんだ様子で一歩二歩と下がる。ソフィアはそこを突き進んだ。

広間から出ると、涼しさが全身を包む。あれだけの人間がいたのだ。いくら広々とした広間と言えど、室温がぐっと上がっていたのだろう。

おかげで多少楽になったのか、令嬢がソフィアの耳元でほっと息をついた。

「ごめんなさい、ご迷惑をかけて……」

「わたしのほうこそごめんなさい。どうやらこうして連れ出すのは、こういう場での作法には反していたみたい」

だが目の前で倒れた令嬢を助けないという選択肢はソフィアにはないのだ。

やがて、ふたりを先導していた従僕が、ある一室の扉を開けてくれた。

「催しの最中に気分が悪くなった方が利用される休憩室です。奥に寝台もございます。必要であれば医師も呼びますが」

「そうね。……いいえ、まずはわたしが彼女を診《み》るわ」

令嬢が小さく首を横に振ったので、ソフィアはとっさにそう答えた。

奥の寝台に彼女を横にして、従僕には水とタオルの用意を頼む。彼らが席を外しているあいだ、ソフィアは令嬢の背に手を回して、ドレスのうしろボタンを外した。

コルセットまで緩めると、令嬢は大きく息をつく。苦しげだった呼吸も徐々に落ち着いていった。

「コルセットの紐をきつく結びすぎたのね、きっと。あとは人酔いを起こした可能性が高いわ。こうして横になっていれば、そのうち落ち着くでしょう」

医者もいらないわね、とソフィアが言うと、令嬢は弱々しく「ごめんなさい……」と返事をした。

「乳母が気合いを入れて紐を縛るから……しなくていいと言ったのに……。わたし、あがり症で、こういう場所ではいつも緊張してしまうの……」

「きっとあなたの乳母は、あなたをとびきり美しくしたかったのだと思うわ」

ソフィアはからかいではなく心からそう口にした。

倒れたときは気づかなかったが、こうしてみると彼女はかなりの美少女だ。腰までまっすぐ伸びる金髪は絹糸のようにサラサラしているし、抜けるような白い肌も印象的だ。長い睫毛《まつげ》に縁取られた大きな瞳はすみれ色で、朝露を含んだように潤っている。

そのうち、水とタオルとともに、彼女付きの侍女もやってくる。とりあえず休めば大丈夫だと伝えて、ソフィアはあとを託して部屋を出ようとした。

だがその寸前に、こんこんこんっというせわしないノックの音が響く。返答を待たずに扉が開いたため、ソフィアはあわてて飛びのくはめになった。

令嬢が休んでいる部屋に突然入ってくるなんて、と思わず眉をひそめるが――

「フレディ様!?」

扉の向こうにいた見知った姿に驚いて、そんな文句は吹っ飛んで行ってしまった。対するフレディも小さくうめき、「やはりあなたか」と苦々しくつぶやく。

ソフィアは胸がずきっと痛むのを感じる。

(久々に会えたのに、喜んでくれないの？)

喜ぶどころか、フレディはソフィアの腕をつかむと「こっちへ」と彼女を部屋から引きずり出す。そのまま別の部屋に入り、扉に鍵をかけてしまった。

「フレディ様、なにを……んっ！」

抗議しようとしたソフィアの背を扉に押しつけ、フレディは彼女のくちびるを口づけでふさいでくる。

ここへ連れてきたときの足取り同様、奪うような乱暴な口づけだ。

だが彼にきつく抱きしめられ、待ちわびていたとばかりにキスをされると、ソフィアの中にも喜びが湧きあがってくる。

思わずうっとりしてしまうが、対するフレディは低くうめいて、ソフィアからくちびるをもぎ離した。

「――くそ！　ソフィア、なぜきたんだ。あなたはこなくていいと手紙を出したはずだろう……！」

（……手紙？）

口づけに酔いかけていたソフィアはぱちぱちと目をまたたかせる。

きょとんとしたその顔が気に入らなかったのか、フレディはまたうめき声を漏らした。

「あなたを花嫁にするのはわたしのはずだ。それなのになぜオスカーの花嫁選びにやってきたんだ⁉　いつまでも迎えにこないわたしに痺れを切らして、オスカーに鞍替《くらが》えしようと思ったのか……⁉」

怒濤《どとう》の勢いでまくし立てられるが、ソフィアは目を白黒させるばかりである。

（ええと、どういうこと？　……つまりフレディ様は、わたしに王城に上がらなくていいと手紙を出していた――ということよね？）

だが、あいにくソフィアはその手紙を受け取っていない。だからこそ領地を発《た》ったわけだが……

（どうやらそのあたりがすれ違っているみたい）

「フレディ様、ちがいま……、んんぅ……！」

「なにが違うんだ！　確かに、王城に帰ってくるなり忙しくなって、あなたに手紙も書けなかったことは悪かったと思っている。だがあなたは待つことのできる女性だと思っていた。それなのに……！　よりにもよってオスカーの花嫁選びなどに……くそっ！」

ソフィアに何度も口づける合間に、フレディは愚痴なのか訴えなのか謝罪なのか判別できない言葉をまくし立ててくる。

あちこちに口づけられ、合間に舌を吸い上げられるソフィアは、反論もできぬまま息も絶え絶えになってしまった。

頰を紅潮させてぐったりしたソフィアをどう思ってか、フレディはまた「くそ！」と口汚く叫ぶと、彼女を奥の寝台へ運び込む。

「はぁ、はぁっ、あの……フレディ様、ちょっと落ち着い……んむっ！」

「これが落ち着いていられるか！　久々にあなたに会えて舞い上がるほど嬉しいのに、あなたがオスカーの花嫁になるためにきたのかと思うと……！　おまけにそんなに美しく着飾って……っ、胸が引き裂かれそうだ！」

事実、オスカーは顔をゆがめて、今にも泣き出しそうな顔をしている。言葉通り、嬉しさと苦しさで胸が千々に乱れている様子だ。

とはいえ、勝手に誤解されたソフィアにとってはいい迷惑である。

（わたしだってこなくていいならこなかったわよ！　……こなかったらフレディ様との再会はもっと先になっていただろうから、嬉しいけれど……。でも誤解されて押し倒されるためにきたわけではないわー！）

と、叫べるならどれほどよかったか。

あいにくソフィアは、フレディがしかけてくる性急な口づけに、反論も呼吸も心も奪われてしまっていた。

「んっ……んん！」

感じやすい舌の付け根を舐められ、ソフィアの身体がびくんっと跳ねる。

フレディも怒りよりも欲望のほうを強く感じたのか、ソフィアのデコルテを大きな手でなで、結い上げていた黒髪をさっさとほどいてしまう。

「ああ、夢にまで見たあなたの肌だ……」

黒髪に指を通しながら、フレディはソフィアの胸元にくちびるを這《は》わせる。

切実な声音でささやかれたせいか、ソフィアも反論を忘れてどきどきしてきてしまった。

「王太子のほうがいいのか？　それならそう言ってくれ。もし、そうじゃない、わたしがいいと言うなら、お願いだから抱かせてくれ」

獲物を前に待てと言われている獣のように、フレディが低い声でささやいてくる。

言葉通りにしないとなにをされるかわからないという危機感と、それほどまでに自分を

求めてくれているのだという喜びで、ソフィアの心臓はどきどきと激しく高鳴った。

フレディのことだ。事情を話せば、すぐに青くなって謝罪してくれるだろうが……

（でも、わたしも……フレディ様をもっと感じたい）

自分のうちから湧きあがる欲求を感じた瞬間、ソフィアは抵抗をやめていた。

代わりにフレディの首筋に両腕を回し、そのくちびるに自分から口づける。

「わたしは、フレディ様だけです」

はっきり告げると、フレディは再びうめいて、先ほどまでよりもっと情熱的な口づけをしかけてきた。

「ん、んぅっ……」

今度はソフィアも積極的に彼と舌をからめていく。

フレディもそれに応えるようにソフィアの舌を吸い上げ、巧みにねぶった。そして彼女のドレスのボタンを器用に外し、コルセットの紐にも手をかける。

あっという間にソフィアから衣服を剝《は》ぐと、彼は彼女の首元を飾っていたチョーカーも丁寧に外して、首から肩のラインに口づけてきた。

「もう、ここが勃ってる」

「んっ」

薄いシュミーズ越しに乳首にふれられ、ソフィアは鼻にかかった声を漏らした。

無骨な親指が軽くこすっただけなのに、肌の内側にジンと甘く染み入るものがある。

フレディはかすかに息を速めながら、再びソフィアを横にして、今度は彼女の下半身からドレスを引き抜こうとする。

ソフィアは軽く腰を上げてそれを助けたが、いざ下着だけの姿になってしまうと、なんとも恥ずかしくてたまらなくなった。

部屋の明かりが枕元のランプひとつだけなのが幸いだ。

そのランプのぼんやりとした明かりだけでも、フレディが目元を赤らめ、はぁ、と熱いため息をつくのがはっきり見える。

「ソフィア……」

フレディのかすれた声に甘さがにじむ。どうやら嵐のような怒りは落ち着いてきたらしい。

代わりにソフィアを愛したい欲求が前に出てきたのだろう。再び覆いかぶさってきた彼は、性急な手つきでシュミーズもはぎ取っていった。

「わ、わたしだけ裸はいや……」

また口づけられそうになる直前で、ソフィアは小さく訴える。

フレディはぴたりと動きを止め、それから猛烈な勢いで自分の衣服も脱いでいったが、あっという間に寝台の下でくしゃりとなる。

そうして二人とも裸になると、相手がそこにいるのを確かめるように、お互いの身体に腕を回してぎゅっと抱き合った。

自分より少し高く感じるフレディの体温を感じると、ソフィア自身も安堵すると同時にどきどきしてくる。

フレディはソフィアの顔中に口づけながら、大きな手で彼女の乳房を揉んできた。

「んんっ……！」

すでに勃ち上がっている乳首を指の股にはさんで、そのまま乳房のふくらみをゆったりと揉まれる。

時折乳首を指先でつままれると、自然と背が反り返り、ソフィアは気づけば彼に対し胸を突き出すような体勢になっていた。

「ん、んっ……」

「感じるのか……？」

フレディがくちびるを首筋から胸へと這わせていく。そして彼女の乳首を優しく口内に含んだ。

「ああっ……」

ちゅうっと音を立ててそこを吸われて、全身がびくんっと震える。

フレディは乳房のふくらみを大きな両手で中央に寄せて、伸ばした舌先で両方の乳首を器用に舐め転がした。

「あぅ、んンっ……」

「ソフィア、ああ、なんて柔らかいんだ……」

乳房だけでなく腰のラインや臀部のほうもなでながら、フレディがうっとりした声音でささやいてきた。

「下も舐めさせてくれ」

「だ、だめ……、やっ……」

前回そこを舐められてひどく乱れたことを思い出す。

だがソフィアの弱々しい抵抗などものともせず、彼女の足のあいだに顔を埋めたフレディは、すでに潤いはじめていた秘所をねっとりと舐《な》め回してきた。

「ひぃぃん……っ」

蜜がこぼれる入り口を、フレディは尖らせた舌先でぐりぐりとえぐるように刺激してくる。やがて舌先は花芯へと伸ばされた。

「あぁん！」

強烈な快感に腰が浮き上がる。やはりそこは感じやすいところらしく、ざらつく舌で舐められただけで、身体中が一気に熱くなってしまった。

フレディは両方の手で乳房を揉みながら、ソフィアの秘所をくちびると舌で丹念に愛撫していく。

感じやすいところを一度に刺激されて、ソフィアはなすすべもなくすすり泣いた。

「だ、だめぇ……一度にしては……、っ……あ、あぁ、ああっ……！」

熱いうねりが下腹部の奥からゆらりとはい上がってくる。ソフィアは身悶えながら、絶頂の予感を感じてくちびるをかすかに震わせた。

「はぁ、あぁあ……！　……くる、きちゃう……っ、フレディ、さまぁ……っ」

弱々しく訴えるも、フレディはいっそうソフィアを甘く責め立ててくる。

親指と人差し指で乳首を優しくこすり上げ、ふくらんだ花芯をくちびるではさみ、ちゅうっときつく吸い上げた。

ソフィアが泣き声混じりの嬌声を上げると、今度は舌で花芯をぬるぬると舐め回してくる。

「もぅ、だめぇ……っ、ああ、あ――ッ……！」

燃え上がるような愉悦が身体の内側から指先にまで広がって、ソフィアは大きくのけぞった。

勝手に浮き上がった腰がびくびくっと震えて、全身がきゅうっとこわばる。

「あぁああ――……ッ‼」

悲鳴じみた声を上げて、ソフィアは愉悦の果てに押し上げられた。

身体中が激しく震えて、一気に汗が噴き出てくる。少し置いて全身ががくがくと震えた。ぐったりと手足を投げ出しながら、ソフィアは荒い呼吸を繰り返す。瞼を上げるのもおっくうなほどの疲れが押し寄せるが、もちろんそのまま寝かせてもらえるはずもない。

ソフィアが息を整える間もなく、身体を起こしたフレディは彼女の足を大きく広げ、すっかりほころんだ蜜口に指を差し入れてきた。

そうして内部のふくらんだところをこすられて、ソフィアはびくんっと腰を跳ね上げる。

「っ、あぁああ……ッ！　フ、フレディさま、今はだめぇ……！」

絶頂したばかりなのに、また感じやすいところを責められては身体が保たない。

だがフレディは止まるどころか、いっそうそこを責め立ててくる。

ソフィアはたまらず彼の肩を両手で押しやろうとした。だがフレディは細い手首を片手であっという間にまとめて持って、彼女の頭上に縫い止めてしまった。

「んんんっ……！」

その状態で深く口づけられて、ソフィアは再びの愉悦に堕《お》とされる。

舌の付け根や歯列の裏をぞろりとなぞられるだけでも、身体が震えるほど気持ちいいのに……。

「んっ、んぅ、ンン――ッ……！」

膣壁をこすりながら、手の付け根で花芯も一緒にぐりぐりと圧されて、ソフィアは声も上げられないまま再び全身をがくがくと大きく震わせた。

力が入らない全身と違い、膣壁はきつくうねってフレディの指を締めつける。彼はそれに大きくうめき、ソフィアのくちびるにむしゃぶりついた。

「んんっ……！」

秘所から蜜があふれるように口内には唾液があふれる。吞《の》み込《こ》みきれないぶんが、二人のくちびるの隙間からこぼれ、顎にまでしたたっていった。

頭の芯までどろどろに溶かされながら、ソフィアはその後も膣壁をこすられ、花芯をねぶられ、三度、四度と絶頂に襲われる。

もう羞恥もなにもなく、求められるまま身を震わせ声を上げているうち、ソフィアの中でも彼がほしいという気持ちがふくらんできた。

「も、もう、挿《い》れてぇ……ッ！」

思わずそう叫んでしまったのは、フレディの太い指を三本も蜜壺に吞み込んだときだろうか。

蜜口をぎちぎちと広げる指を感じた途端、彼の肉杭の熱さを思い出してしまって、身体の奥からみだらな欲求が噴きだしてしまう。

いつもの自分なら節操がなさ過ぎると真っ赤になるところだ。だが思いがけない再会に加え、情熱的に愛されて、ソフィアも箍《たが》が外れてしまった。

フレディはその言葉を待っていたとばかりに指を引き抜き、ソフィアの両足を大きく開かせる。

「ああっ……」

蜜まみれの秘所が露わになって、ソフィアは思わず耳まで赤くなる。そこはもう粘性の蜜でねっとり濡れ光っていて、信じられないほどみだらだった。

「ソフィア……！」

フレディもこらえきれない様子で、自身の肉棒の根元をつかむと先端をあてがってくる。

彼のそこはすでに先走りをにじませ、みっしりと硬く張り詰めていた。

「あぁう……！」

丸い亀頭がずぶりと蜜口を犯してくる。彼はそのまま奥まで一息に肉棒を突き立ててきた。

「ひあああ……っ！」

信じられないことに、彼の肉棒が奥まで入ってきた途端に、ソフィアは再び身をこわばらせ軽い絶頂に飛んでしまった。

大きく目を見開いてはくはくとあえいでしまうが、フレディはおかまいなしに腰を動かしてくる。

「っ……あぁあああ！」

最奥からあふれる蜜が飛び散るほどの激しい抽送に、ソフィアは喉を反らして嬌声を上げる。

ぐちゅぐちゅと音を立てながら肉棒が膣壁をこするたびに、身体がどんどん熱くなって止まらなくなる。

宙に浮くつま先がびくびくと引きつり、ソフィアは感じるあまり、弱々しく敷布をかきむしった。

「あぁ、ああ、だめっ、あ、ひあぁあんっ！」

あられもない声を上げながらソフィアはあえぐ。

溺れるひとが藁をつかむ心地でフレディの首筋にしがみつくと、フレディが小さく声を漏らしてソフィアのくちびるに吸いついてきた。

「んむっ……！」

「ああ、温かい……っ、ソフィア、なんて心地いいんだ……！」

夢中で腰を打ちつけながら、フレディが夢見るような面持ちでささやく。

上気した彼の頰にも、ぱたぱたと落ちてくる汗にも、乳房を揉む大きな手にも感じてしまって、ソフィアの胸がきゅうっと高鳴った。

それに呼応するように膣壁も締まり、フレディが「うっ……！」と苦しげな声を漏らす。

「だめだ、ソフィア……！　そんなに締めつけては、すぐ終わってしま、ぅ……っ」

そんなことを言われても、ソフィアとてどうしたらいいのかわからない。

とにかく気持ちいいのだ。彼の反り返った肉竿が膣壁をこすり、先端が最奥を押し上げるたびに、お腹の奥が熱く疼《うず》いてたまらなくなる。

はぁはぁと乱れた呼吸を繰り返すと頭の中まで甘く痺れてきて、もうソフィアも欲望に負けてしまう。

気づけば彼女の腰も、もっと激しくしてくれと言わんばかりに動いていた。

「フレディ、さま、もう、わたし……ああ、もう、もぅ……っ！」

せっぱ詰まった感覚がすぐ喉元まで込み上げてくる。

フレディも苦しげに眉を寄せ、ソフィアの細腰をつかむと、それまで以上に腰を激しく打ちつけてきた。

「あぁあああう……！」

激しい抽送に細い身体が揺さぶられる。目がくらむほどの激しい愉悦に、ソフィアはどうしようもなく身悶えた。

「ああ、出る、ソフィア……！　うぅっ！」

フレディが息を荒げ、ひときわ激しく腰を打ちつけてくる。

苦しげなその呼吸にも、獣じみた動きにもきゅんきゅんしてしまって、ソフィアも再び打ち上げられた。

「はぁあああ――……ッ‼」

びくんっと大きく震えて、ソフィアは全身をこわばらせる。

フレディがすぐ耳元で大きくうめいて、腰をぐっと押しつけてきた。

膣壁を押し上げるように、太い肉竿がさらにかさを増す。

次の瞬間、最奥にどくどくと熱い精が注がれるのを感じて、ソフィアは声も出ないほど深く感じ入ってしまった。

「ソフィア……ああ、夢のようだ……」

フレディが感に堪えない様子でささやいてくる。

ソフィアの細腰を抱きしめながら、ぐったりと体重を預けてきた彼を、ソフィアもぎゅっと抱きしめた。

汗ばんだ肌が重なる感覚が、言葉にならないほど心地いい。

身体にかかる重みも、こめかみをくすぐる彼の銀髪も愛おしくて、ソフィアもまたうっとりした思いで、彼の大きな肩を撫《な》でるのだった。


「……つまり、あなたはわたしからの手紙を受け取る前に領地を出てしまった、と……」

「おそらく、そういうことだと思います。フレディ様はわたし宛の手紙をどちらに出されたの？」

「アラカの、領主の別館に……」

「では、よけいにすれ違いになっている可能性が高いわ。アラカは王都からはさらに遠いの。別館から本邸までも、馬車で半日かかってしまうし。きっとわたしが発って数日後とかに、あなたの手紙はお父様のところに届けられたと思うわ」

冷静に説明するソフィアに対し、フレディは大きな肩をがっくりと落としてうなだれてしまった。

時刻はもう深夜を回っている。激しい交歓を終え、いつの間にか二人とも少し眠ってしまっていたらしい。とにかく話をしましょうと、取り急ぎ下着だけ着込んだソフィアは、寝台の上でフレディと向き合っていた。

フレディも同じように、下穿きを穿いた状態で起き上がっている。

目覚めてすぐ隣にソフィアがいることに安堵したらしい彼は、今度はきちんと彼女の話を聞いてくれた。

おかげで今は、ソフィアの予想通り、青い顔をして落ち込んでしまっている。

「……すまない……いくらあなたの姿を見つけて仰天したからと言って……話も聞かずに迫ってしまうなど、男の風上にも置けない行為だった。心から謝罪する。本当に申し訳なかった」

「わかってくださればいいんです。……でも、王太子様に心変わりしたと思われたのは心外です。わたしはずっとフレディ様を待っていたのに」

　これ見よがしに頬をぷくっとふくらませてみせると、フレディは「面目ない」とさらに頭を下げてしまった。

　そういう姿を見ていると、広間であらぬ方向を見つめていた王弟殿下と、目の前の彼が同一人物とはとうてい思えなくなってくる。

　ひとつ息を吐いたソフィアは、思い切って口を開いた。

「フレディ様は、王弟殿下なのですね？　あなたが言っていらした兄は国王陛下、そして甥は王太子殿下だった」

「……そうだ。黙っていてすまない。いずれは話すつもりだった」

「それはそうでしょうけど……知らなかったので、広間でフレディ様を見つけたときは心臓が止まるかと思いました。まさか王弟殿下なんて……」

　思わず神妙な顔をするソフィアに、フレディは不安げな面持ちになった。

「王弟のわたしはいやか？」

「いやと言うより……身分違いではないかと思って。わたしのような田舎者が、王家の方にふさわしいとは思えませんし――」

「わたしが望む相手はソフィアだけだ！」

フレディは大きく目を見開き、ソフィアの細い肩をしっかりつかんで訴えてきた。

「身分を明かしていなかったことは本当にすまなかったと思う。……貴族の娘であるあなたのことだから、わたしが王族だとわかったら、きっと一歩引いてうやうやしい態度を取ってくるだろうと思ったのだ」

「……ええ、おそらくそうしたと思います」

「わたしはあなたとの気安いやりとりが好きだったから、そうなるのが恐ろしくて、結局口にすることができなかった。あなたとは対等な関係でいたかったんだ……」

切実に訴えたフレディは、次いでふっと自虐的な笑みを浮かべた。

「それに、王弟と言っても、わたしは王宮ではずっと厄介者として扱われていたのだ。わたしの生まれを忌避して、わたしのことなど存在しないように振る舞う人間さえ存在する」

それは初耳だ。大きく息を呑むソフィアに、フレディは軽く肩をすくめて見せた。

「わたしの母が、わたしを孕《はら》んだことで父の後妻になったことは話しただろう？　それも大変な問題だったが、それ以上に、わたしが王太子であるオスカーと同時期に生まれたことがまた厄介でね……」

オスカーより少し早く生まれたことも手伝って、いずれフレディが王位を狙うのではないかと疑う人間が、昔から一定数いるとのことだ。

「そういう王宮の空気がいやだったこともあって、十五になる前に軍に入隊したというわけだ」

軍では、フレディは王弟としてではなく、一般の兵と同じように扱われたそうだ。訓練や勉強は厳しく大変だったが、王宮で腫れ物扱いされているより気が楽だったという。

「とはいえ、また軍に戻って、せっかくよくなってきた不眠がぶり返すのは避けたい。だから軍は辞めることにして、今はオスカーの私的な護衛と、相談役みたいな立場を請けおっている」

「……では、甥である王太子様がフレディ様に頼みたいことというのは、そのお役目についてだったのですね」

そういうことだ、とフレディはうなずいた。

「とはいえ、わたしがオスカーのそばにいることを快く思わない人間は未だ多い。王太子妃が無事に決まったら、暇乞《いとまご》いしてアラカに向かおうと思っていた。そこで本物の大工になって、あなたと暮らすのも悪くないと思ってな」

「……そうなればわたしは嬉しいですけれど……。でも、王太子殿下は反対なさるのでは？」

「どうだろうな。オスカーにとってわたしは体のいい雑用係のようなものだ。帰ってくるなりあれこれ仕事を言いつけてくるし……ほとんどは戦後処理関連だったが……とにかく、馬車馬のようにこき使われていた」

一瞬遠い目をしたフレディを見て、これは言葉以上にあれこれやらされたのだろうな……と、ソフィアは少し同情心を抱いた。

「なにより、あなたのお父上にきちんと挨拶しに行きたいんだ。手紙の行き違いの件も謝罪しなければ。――こうなったら善は急げだ。夜が明けたらオスカーのところに行って、王宮を下がる旨を伝えよう」

「でも……フレディ様はそれでいいの？」

わざわざ田舎に引きこもって大工などしなくても、王弟という身分があれば、王都でのんびり暮らしていられると思うのだが……。

「わたしがなにかをしていないと落ち着かない人間なのは知っているだろう？　確かに王族には年金が支給されるし、要職に就かずとも悠々自適に暮らす手段はいくらでもある。だが、あなたとの将来に比べれば、それらにはなんの価値もないのだ」

フレディはきっぱり言いきる。その顔にうそは見当たらない。

だが……フレディはそれでよくても、彼を案じていた甥のオスカーの気持ちを考えると……。

（それに、フレディ様は田舎で大工をするような方でもないし……）

軍人でいられなくても、今のように王太子の護衛など、王宮でできる仕事はいくらでもあるはずだ。

ソフィアのためにその地位や権利を手放せさせるのは、フレディ本人がよくても、ソフィアにとっては罪悪感を掻き立てられる。

(もちろん、フレディ様とは一緒にいたい。でも……フレディ様がそばにいてくれるなら……)

暮らす場所は、別にアラカでなくてもいい。

不意に頭に浮かんだ言葉に、ソフィアは大きくうなずいた。

実際に、領主の娘ということで、アラカでは居心地の悪い思いをすることも多々あったのだ。

看護師の仕事は、なにもアラカでなくてもできる。王都なら看護師の募集はたくさんあるだろう。無理に田舎に引っ込まなくても、ここで生活できるならそのほうがいいのでは？

だが、ソフィアがそのことを告げる前に、フレディが毛布を引き寄せ、彼女の身体をすっぽり包み込んだ。

「とにかく、夜が明けなくてはどうにもならない。もう一眠りしよう、ソフィア」

ソフィアはどうしようかと迷ったが、どうせ王太子殿下のところに行くなら、そのときに話し合えばいいかと思い直す。確かにもう眠る時間だ。

とはいえ、肌着一枚を着ただけで抱き合っていると、濃密にふれあった先ほどまでの記憶がよみがえってきて、落ち着かなくなってしまう。

それはフレディも同じだったらしい。「しまった。くっついていては眠れないな……」と、困った様子でつぶやいていた。

「あなたの髪の香りが鼻先をかすめただけで、もうこんなふうになってしまって……」

そう言いながら、フレディは下肢の一物をそれとなくソフィアの太腿に押しつけてきた。

それはいつの間にやら、下穿きを突き破る勢いで勃起している。

「あなたに会えない時間が長かったせいだな」

そんな風にうそぶきながら、フレディはソフィアにくちびるを重ねてくる。

ソフィアもあらがわず、ゆったりと彼と舌をからめて、甘いため息をついた。

「もう一度……いいだろうか？」

口では確認しながらも、フレディはもうソフィアに馬乗りになって、臨戦態勢に入っている。

ソフィアは思わず噴きだしてしまった。

「ええ、いいわ。でも、あんまり激しいのは体力が保たないから」

「善処する」

生真面目にうなずいたフレディだが、実際はなかなか激しい交歓が待っていた。

だが彼とのふれあいを望んでいるのはソフィアも同じだ。

キスと乳房への愛撫だけで秘所はしとどに潤んでしまい、彼を再び受け入れるのになんの支障もなかった。

「愛している、ソフィア。こうしてまた会えて嬉しい。本当に……幸せな気持ちだ」

キスのあいだに何度もそうささやかれて、ソフィアの胸も熱くなる。

彼女もまた喜びに瞳を潤ませながら、奥深くを何度も突き上げられて、甘いため息をこぼすのだった。

＊　＊　＊

看護師として働いた期間が長かったせいか、ソフィアはその日もいつもの時間にぱちりと目が覚めた。

隣で横になっていたフレディはすでに起きていて、ソフィアの顔を見ると「おはよう」と目を細めてくる。

「フレディ様、ちゃんと眠れましたか？」

「ああ。何ヶ月かぶりにゆっくり眠れたよ。夜明けまで眠れたのは本当に久々だ」

言葉どおりよく眠れたのだろう。声音まで嬉しそうだった。

「食事を用意させるからゆっくりしていてくれ」

寝台を降りたフレディは寝台の脇の紐を引っぱる。天井から続くそれを引くと、遠くでベルが鳴る音が響き、ほどなく女官がやってきた。

フレディは食事や着替えの用意をてきぱき言いつけ、寝台も整えるよう指示する。

それは軍人だからというより、王宮での生活でつちかった言動のように思えた。

(やっぱり、フレディ様は田舎で大工暮らしをするようなひとじゃないわ。こういうところが、彼が本来いるべき場所なのよ)

改めてそれを確認しつつ、ソフィアもまた寝台から降りて、ひとまず下着を身に纏った。

運ばれてきた食事を二人で食べ終える頃、フレディから連絡が行ったのか、リルがソフィアのドレスを持って部屋に入ってきた。

「わたしは自室で着替えてくるから、あなたはここで待っていてくれ」

「わかりました」

そうしてフレディが部屋から出て行くと、リルが好奇心を抑えきれない表情でソフィアをうかがってくる。

「昨夜のうちに、王弟殿下からソフィア様を預かる旨はご連絡いただいておりましたが……一夜をともにしたということは、お二人はつまり……?」

「あー……」

なんとも言えず目を泳がせたソフィアは、正直に話してしまうほうがいいだろうと、身支度をしながら彼とのなれそめを語った。

「そういう事情だったのですね。……ということは、ソフィア様は王太子妃の選考は辞退することになるでしょうか」

「そうね。それを今から王太子様に言いに行くのだけど、どうなるかしらね……」

ソフィアの不安な気持ちが伝わったのだろう。リルは「きっと大丈夫ですわ」と励ましてくれた。

「王太子殿下は王弟殿下をとても慕っておられますから。その恋人であるソフィア様を邪険にすることはまずないと思います」

「そうだと嬉しいけれど」

慕っているならなおのこと、フレディがソフィアとともに田舎に引っ込むと言ったら、猛反対してくる気がする。

とはいえ何事もなるようにしかならない。ソフィアは気合いを入れて、迎えにきたフレディとともに王太子の執務室へと向かった。

王太子の執務室は、本来ならもっと遠い場所にあるらしいが、選考中はいつでも客室棟に足を運べるように、一時的に場所を移しているらしい。

果たして、王太子オスカーはすでに執務室に入っているようだ。訪れたのがフレディだと聞かされると、すぐに入室を許してくれた。

「やあ、おはようフレディ。昨日の舞踏会では護衛の任務をほったらかしてくれたけど、まさかそちらのお嬢さんとお楽しみだったわけじゃあないだろうね？」

執務机ではなく、その脇の応接用のソファに腰かけ紅茶を飲んでいた王太子オスカーは、叔父であるフレディを見るなりずばり尋ねてきた。

そしてフレディは堂々と「そのまさかだ」と答える。

これは予想外だったのか、オスカーは青い瞳をぱちぱちとまたたかせた。

「あれ？　君、確かアラカで運命の相手を見つけたとか言っていなかったっけ？　……まさか、そちらのお嬢さんが？」

「その通りだ。彼女はアダーソン伯爵家のご令嬢で、ソフィアという」

「ソフィア・アダーソンでございます。王太子殿下におかれましてはご機嫌麗しく……」

ソフィアはドレスの裾をつまみ、深く頭を下げて挨拶した。

オスカーは薄くくちびるを開けて、フレディとソフィアを見比べる。だがなにかに気づいた様子で、ソフィアのことを指さした。

「あ、君、昨夜エマを助けてくれたご令嬢だね？　フレディはお相手のことを『看護師として働いている』と聞いていたが、なるほど……それであんなにてきぱきと動けたというわけか」

オスカーは大きな手で顎をなでながら「なるほど、なるほど……」と何度もうなずく。

そしてにやりとほほ笑んだ。

「はは一ん、読めたぞ？　さしずめ王家が出した招集の書状のほうが、オスカーがあわて出した手紙より先に、彼女のもとに届いてしまったんだろう？　彼女は王命に従い登城しただけなのに、フレディは彼女が僕に鞍替えしたのではないかと心配になったわけだ」

前者はとにかく後者まであっさり言い当てられ、ソフィアは目を丸くしてしまった。隣でフレディは苦虫を嚙み潰したような顔をしている。

そんな二人を見比べながら、オスカーは実に楽しげに考察を続けた。

「舞踏会を抜け出したときのフレディ、真っ青な顔をしていたもんな～。それで彼女を問い詰め、誤解だとわかり、無事に熱い一夜を過ごした……と。なるほどね～」

「にやにやしながらこっちを見るな。だが、そこまでわかっているなら話は早い。彼女は王太子妃の選定にはもちろん参加しない。領地に戻るということだから、ひとまずわたしが彼女を送っていく」

にやついていたオスカーは即座に顔色を変えた。

「待て、それは認められない。フレディ、君、彼女を送っていったらそのままアダーソンに居着くつもりでいるな？　困るよ。君が晴れて退役した暁には、僕の側近を務めてもらおうと計画していたのに！」

「わたしにその気はない」

フレディはオスカーが気の毒になるほど、きっぱりと答える。

オスカーはたちまち渋面になった。

「フレディ、君はまだ自分が王宮の鼻つまみ者だと思い込んでいるのかい？」

「事実、そうだろう？」

「今はもう君が王位に興味がないことくらい、みんな知っているよ。軍人としての君の働きを買って、むしろ僕の右腕に据えればいいと言う者もいるくらいだ」

「だとしても、ああだこうだ言う人間も必ずいるはずだ」

「そういうやつは誰に対してもああだこうだ言うものだよ」

一理あると思ったのか、フレディは反論せずくちびるを引き結んだ。

一方のオスカーは、今度はソフィアに話を振ってくる。

「ソフィア嬢はどう思う？　自分の恋人が王太子の側近を務めるのはいやかな？　どう？」

「えっ」

ソフィアはぎょっと目を見張る。

フレディが「ソフィアは関係ないだろう」とすかさず注意したが、オスカーは聞き入れずじっとソフィアを見つめていた。

王太子からそんなふうに見られて、黙っていては不敬に当たる。ソフィアはごくりと唾を呑み込み、正直な思いを吐露した。

「……いやだとは思いませんし、フレディ様にはそれに見合うだけの能力があると思っています」

「ソフィアっ？」

フレディが驚いたように目を見張る。

ソフィアは思い切ってフレディに向き合った。

「だって、フレディ様はオスカー様のことも大切に思っておいででしょう？　アラカで甥御様のことを話していたとき、フレディ様はとても優しい目をしていました。本当は……フレディ様も、王太子殿下のお役に立ちたいと思っているのではないですか？」

フレディは特に表情を変えなかったが、その藍色の瞳が一瞬だけ揺れ動いたのを、ソフィアは見逃さなかった。

「そ、れは……。だがしかし、もしそうなれば、あなたをアラカに帰すことはできない。わたしはあなたとともにいたいのだ」

「それはわたしも一緒です。……それに、看護師の仕事は王都でだってできます。戦争が終わったばかりで、そこいらじゅう傷病軍人だらけですもの。仕事はいくらでもありますわ」

思ってもみない答えだったのか、フレディは目を丸くしてぽかんと口を開けていた。

一方のオスカーは喉を反らして大笑いする。

「ははは！　どうやら彼女のほうが君より肝が据わっているようだ。つまりソフィア嬢は、フレディと一緒になれるなら、別に領地じゃなくてもどこでも大丈夫ってことだね？」

「はい」

ソフィアはしっかりうなずく。そして今一度フレディをじっと見つめた。

「王宮がフレディ様にとって、居心地のいい場所でないことは知っています。けれど、フレディ様は優しいから……アラカに落ち着いたところで、きっと、ずっとオスカー様のことが頭から離れないと思うんです。それなら、わたしがこちらに移ればいいだけだと思いますし」

「しかし……あなたはアラカで働いていきたいのだと思っていた」

「母が亡くなった土地なので、それなりの思い入れはあります。でも……実はわたしも、忙しい時期が過ぎたら、ほかの街に行こうかと考えていたんです」

「そうだったのか？」

「はい。アラカだと領主の娘ということで、良くも悪くも特別視されてしまうので。……フレディ様がわたしのそばにいるために領地にこようとしていたのと同じように、わたしもフレディ様の隣にいられるなら、王都でも王城でも、どこでも暮らしていけます」

きっぱり言いきったソフィアに、フレディは驚きと賞賛が入り混じった表情を浮かべる。

その横でオスカーが「決まりだね」とにっこりした。

「……とはいえ、結婚するには彼女のお父上の許可が必要だ。王太子妃選びが無事に終わったら、そのときはアダーソンに行くための休暇を与えるよ。だから今は、ひとまず僕の護衛の役目を引き続きがんばってくれ、叔父君よ」

「しかし……そうなると、しばらくソフィアと会えなくなる。彼女は王太子妃の選考は辞退する予定だ。辞退するとなれば、王城には滞在できないだろう？」

「ええ……？　選考期間の一、二ヶ月程度も離れていたくないってこと？　それはもう好きを通り越して、執着の領域なんじゃ」

わずかに腰を引かせた甥を、フレディは怖い目つきで睨みつけた。

「そんな目で見ないでよ、まったく……。うーん、じゃあ、堂々とお妃候補に混ざって王城に滞在するために、ソフィア嬢、ひとつ仕事を頼まれてくれないかな？」

「仕事……ですか？」

いぶかしむソフィアに対し、オスカーは「うん」と笑顔でうなずいた。

「ソフィア嬢、君にはぜひ、王太子妃の選定員の一人になってもらいたい」

「選定員……？」

耳慣れない言葉にソフィアは首をかしげた。

「王太子妃って、なにも試験の結果や、わたしとの相性だけで選ばれるわけではないんだよ。王族にふさわしい気品や慈愛の心を持っているかどうかも、実はあの棟に滞在中、ずーっと査定されているんだ」

思わず目を瞠るソフィアに対し、オスカーは「王太子妃候補のみんなには、もちろん内緒にしてね」とくちびるの前に人差し指を立てた。

「査定しているのは、部屋付きの侍女や棟に出入りする使用人などだ。候補者たちの普段の生活態度や言葉遣い、余暇の過ごし方などをチェックしている。昨夜の舞踏会に参加した青年たちや従僕の中にも、選定員は混ざっているよ。特に青年たちには、候補の令嬢たちをわざと誘惑してもらって、身持ちが堅いかどうかを見てもらうつもりだ」

「そうだったのですか……」

ソフィアははーっとため息をつく。

舞踏会のときは男女の交流が云々……と語っていたはずなのに、裏にそんな事情を隠していたとは。

やはり見た目よりずっとやり手の王子様なのだわ、とソフィアはうすら寒さを感じてしまった。

「ふふっ。卑怯《ひきょう》なやり方だなぁと思ったかな？　君もフレディと同じで、かなり真面目なタチのようだ。――でも、そういう真面目なひとにこそ、選定員の役目を頼みたい」

肩を揺らして笑ったオスカーは、一転して真面目な面持ちになった。

「君は人目も憚《はばか》らず、倒れた令嬢を率先して助ける勇気と崇高さを持っている。そういうひとが選ぶ令嬢なら、その女性は王太子妃としてもふさわしいひとだと思うんだよ」

褒めすぎだわと恐縮するソフィアの横で、フレディは気に入らないと言いたげに首を横に振っていた。

「そんな面倒なことにソフィアを巻き込むな。選定員はあちこちに配置しているのだから、これ以上は必要ないだろう」

「面倒とはひどいなぁ。甥の結婚相手についてなんだよ？　恋人といちゃいちゃしたい気持ちはわかるけどさ、花嫁選びに苦心する甥《おい》っ子に、もうちょっと優しくしてくれたっていいじゃないか」

「おまえのその言い方を聞く限り、まったく苦心しているように見えないが」

「ということでソフィア嬢、これからも表向きは王太子妃候補の一人として、ほかの候補者たちに混ざって数日滞在してほしい。そして同じ候補者という立場から、誰が王太子妃にふさわしいかを査定してくれ」

フレディの指摘をきれいに無視して、オスカーはソフィアに「お願いだ」と訴えてくる。

返事に迷うソフィアに、オスカーはさらに言葉を重ねた。

「ちなみに、王城に滞在中はフレディと自由に会うことを許すよ。無論、公然といちゃいちゃされるのは困るから、場所は限定させてもらうけど。フレディにとって大切な人間は、僕にとっても大切だしね。だからお願い」

王太子殿下に懇願されて、断れるソフィアではない。純粋にオスカーの助けになりたい気持ちもある。

なにより……

（ここで断ったら、フレディ様はこれ幸いと、わたしを連れて領地に出発しちゃいそう）

それが原因で叔父と甥の関係にひびが入ることになったら、あまりに寝覚めが悪い。

ソフィアは思い切って、こくっと大きくうなずいた。

「わ、わかりました。わたしでどこまでお役に立てるかわかりませんが、選定員を務めさせていただきます」

「ありがとう、ソフィア嬢！　君付きの侍女にはさっそく話を通しておくね！　ああ、嬉しいなぁ！」

「どさくさに紛れて手を握るな、手を！」

ソフィアの手をぎゅっと握ったオスカーを、フレディは容赦なく引きはがす。オスカーはひどいなぁと言っていたが、その顔は変わらず嬉しそうだ。

「じゃあ、そういうことで。フレディは引き続き僕の護衛、ソフィア嬢も引き続き王太子

妃候補として滞在してくれ。試験とかいろいろあるけど適当に受けて。できるだけ長く滞在できるようにするから、じっくり王太子妃にふさわしい令嬢を選んでくれ」

「は、はい」

「──フレディもさ、ソフィア嬢もああ言っていたことだし、本気で考えて。僕の側近になることを。頼むよ、本当に」

不意に口調を改め、オスカーは叔父に対し真摯なまなざしを向ける。

フレディは気まずげに目をそらしたが、強固にいやだとは主張しなかった。

その後、オスカーは仕事があるということで、二人はそろって執務室を追い出される。

客室棟への道すがら、フレディがおずおずと声をかけてきた。

「ソフィア、その、本当に……王都、いや、王宮に暮らすことになっても、かまわないのか……?」

「はい。看護師の仕事は続けたいと思いますけど……」

「無論、あなたがやりたいと思うことを止めるつもりはない」

「それならどこでも、わたしは大丈夫です。フレディ様こそ、王太子様にあそこまで言われたのですから、側近になることをお考えになったらどうです？」

「む……。しかし……」

フレディの目が周囲をぐるりと見回す。

きらびやかに装飾された王城だが、フレディにとってはあまりいい印象はない場所なのだろう。味方より敵のほうが圧倒的に多いのかもしれない。

一方で、オスカーの頼みはやはり無視できないのだろう。

厄介者として扱われる中で、唯一自分を慕ってくれた甥の存在は、フレディにとって大切なものに違いない。

「……田舎で大工暮らしをするのも、悪くないと思ったのだが」

しばらくしてフレディがぽつりとつぶやく。

ソフィアは笑顔を返した。

「それも素敵ですけれど、オスカー様を残していくことに後悔が残るなら、そうでない道を選んでも悪くないかと」

フレディは観念したようにほほ笑み、ソフィアのこめかみに軽く口づけてきた。

「あなたのそういう、優しいけれどぶれないところも愛している」

「わたしも、情が深いあなたのことが大好きです」

ソフィアもフレディの頬に口づける。

やがて客室棟に入ったので、二人は少し距離を取って歩いたが、心は依然として温かいままだ。こういう沈黙は悪くないと心から思う。

故郷を離れることへのさみしさはあれど、フレディがフレディらしくいられる場所で、自分も一緒にがんばりたいという思いのほうがずっと大きい。
そのためにも、今は与えられた役目をこなすことにしよう。
心を決めたソフィアは、領地を発ったときと同じように前を向いて歩いていった。

第三章　王太子妃選び

フレディとともに客室棟に戻る頃には、廊下を行き交う令嬢たちの姿もちらほらと確認できた。城勤めの役人とおぼしき男性や、衛兵、従僕なども行き交っている。

「ここはちょうど政治機関が集まる東の棟と、司法機関が集まる西の棟の中間地点なんだ。それで必然的に行き交う人間も多くなる」

「王太子妃候補だけが入れる場所かと思っていましたが、違うのですね」

「そういうことだ。オスカーが言っていた選定員とやらも、おそらく混ざっているのだろうが。……その、ソフィア」

「はい」

「選定員の役目を本当に引き受けるつもりか？　面倒に思うなら今からでも領地に送っていくぞ」

「フレディ様ったら……。今さらそんなことをしたら、王太子殿下が逆上して、わたしたちを連れ戻しにくるかもしれませんよ？　結婚を許さないとまで言い出すかも」

「む……」

その可能性に思い当たったのだろう。フレディは渋い顔をしながらもうなずいた。

「確かに、あいつならやりかねない」

「それに、こちらに滞在中はフレディ様に自由に会っていいとお許しをいただきましたし。わたしもせっかくだから、王城での生活を楽しんでみます」

にっこりほほ笑んでみせると、フレディもつられたようにほほ笑んだ。

「あなたのそういう、物事を前向きに決断して、努力しようとする姿も好きだ」

そうしてソフィアにあてがわれた白バラの部屋にふたりで入る。先に部屋を整えて待っていたリルは、ふたりに丁寧に頭を下げた。

「王太子殿下の要請により、ソフィアは選定員のひとりとして王城に滞在することになった。表向きはほかの令嬢たちと同じく王太子妃候補として滞在するが、実際はこのわたしと結婚する予定となっている。そのことを肝に銘じて、丁重に仕えるように」

「かしこまりました、王弟殿下」

「フレディ様ったら。わざわざ念押ししなくても、リルは気立てがよくて働き者の侍女ですよ」

ソフィアが頬をふくらませると、フレディは「すまん」と素直に謝った。

「わたしも近々部屋をオスカーの執務室の近くに移す。王太子の護衛のためと言えば、皆も納得するだろうし、あなたと顔を合わせる時間も増えるだろうから」

フレディはそう言うと、離れるのが名残惜しいとばかりにソフィアを抱きしめ、口づけてから部屋を出て行った。

「王宮勤めの者からすると、王弟殿下はいつもしかめ面で恐ろしいというイメージでしたが……ソフィア様の前ではまるで別人ですね」

リルが目を丸くしながら大真面目につぶやく。ソフィアは苦笑した。

「アラカではそんなことはなかったわ。部下であるはずの軍人たちとも気安く言葉を交わして、大工仕事も楽しそうにしていたの」

リルは心底驚いた面持ちで「あの王弟殿下が……」としみじみつぶやいていた。

「とにかく、ソフィア様、お疲れになったでしょう？　お茶を淹れますのでお待ちくださいね」

リルは侍女の顔に戻ると、すぐに温かい紅茶とお菓子を用意してくれた。

「今のうちに今後の予定をお話ししますね。最初の一週間は連日試験が行われます。それと毎日、昼食と夕食は下の階にある食堂で、ほかの候補者様たちと摂ることになります」

……なるほど、食事の様子も査定の対象ということか。

今日は舞踏会翌日なので予定はないが、明日からは順番に筆記や礼儀作法の試験が行われるという。誰がなんの試験を受けるかは当日のお楽しみということだった。

「とりあえず今日はゆっくりできるのね。散歩とかに行くことは許されているのかしら」

「はい。こちらの窓から見える下のお庭はいつでも出入り自由です。それと一階下の食堂、サロン、ギャラリー、図書室の出入りも認められています」

「図書室があるのね。ちょっと行ってみてもいいかしら」

「ご案内しますわ」

お茶を飲み終えたソフィアは、うきうきと階下に降りていった。

「わぁ、広いわね。天井が高いわ……」

やってきた図書室は、入り口のすぐ目の前がサロンのようになっていて、くつろぐためのテーブルや椅子がたくさん置かれている。その奥に本棚が並んでいて、ソフィアはさっそくそちらに歩み寄った。

が、客室棟にある図書室だからか、物語本や詩集、伝記が主で、残念ながら医学に絡む図書はひとつも置かれていない。

それはそうかと思いつつ、がっくりと肩を落としていると、「あのぅ……」という遠慮がちな声が聞こえてきた。

「あの、昨夜、わたしを助けてくださった方、ですよね……？」

「あ、あなたは」

声をかけてきた令嬢の姿を見て、ソフィアははっと目を見開いた。

まっすぐな金髪にすみれ色の瞳の彼女には見覚えがある。確かに昨日、ソフィアが客室に運んだ令嬢だ。

（そういえば王太子殿下も、わたしのことを『昨夜エマを助けてくれた』と言っていたわね）

「ええと、エマさん、でよろしいかしら？」

「えっ、はい、そうです……。わたし、昨日のうちに名乗っていましたか……？」

「あ、いいえ。別の方から聞いたの。もう体調は大丈夫？　顔色は悪くなさそうだけど」

看護師の顔で確認するソフィアに、金髪の令嬢はぽっと頬を赤らめた。

「ええ、おかげさまですっかり。やはりコルセットの紐がきつすぎたのと、人酔いしたのが原因だったようで……一晩ゆっくりしたら、すっかりよくなりました」

「そう。よかったわ、大きな病気とかじゃなくて」

「本当に、助けていただいて、なんとお礼を言ったらいいのか……。あ、あの、わたしはフィスティアーナ公爵家のエマと申します。あなたのお名前は……？」

「アダーソン伯爵家のソフィアです。北の領地から出てきたので、なにか無作法があったらごめんなさい」

「い、いいえ。わたしは王都育ちですけど……昔からどうにも、人前に出ると緊張してどもってしまって……。おかげで未だこれといったお友達がいないんです。だから、お知り合いになれて、とても嬉しいわ」

エマは照れくさそうにおずおずとほほ笑む。

確かに、話す言葉はわずかに震えているし、こうして向き合っているだけでも頬が紅潮しているから、本人の言うとおり緊張しやすい性質なのだろう。

だがそれを差し引いても可愛らしい令嬢だ。ソフィアはすぐに「わたしも嬉しいわ」とほほ笑みを返した。

「よければ向こうでお話ししない？　せっかく知り合えたのだし」

「い、いいのですか？　嬉しいわ」

エマの背中をそっと押してテーブルへ向かうが、そこへ「あ〜ら」という意地悪い声が聞こえてきた。

「誰かと思ったら、舞踏会中に倒れた無作法な方と、彼女を抱えて大声を出した恥知らずな方ではないの。さすが、礼儀知らず同士は意気投合するのもお早いのね」

ソフィアもエマも目を丸くして入り口を見やる。

そこに立っていたのは、昨夜の舞踏会と同じく背後に取り巻きを従えた、ヴィッツ公爵家のミュリエル嬢だ。

ソフィアは務めて平静に「ミュリエル様、ごきげんよう」と挨拶した。

それが気に入らないのか、ミュリエルはいらいらと扇を手のひらに打ちつける。

「舞踏会で騒ぎを起こしたくせに、まだ王城に残っているなんて……。まさか、倒れることで注目を浴びて、ほかの候補者より目立とうとしたわけではないわよね？　そんな心根の者が王太子妃の試験を受けるなど言語道断でしてよ」

ソフィアは思わず目を丸くする。

倒れたエマを心配するどころか、そういう方向に思考をめぐらせるとは。

半分腹立たしく、半分感心したソフィアは、思わずうんざりした声を出してしまった。

「誰が好き好んであんな場所で倒れるものですか。そちらこそ、せめて『体調は大丈夫ですか？』と心配するそぶりを少しは見せたらいかが？　最初から疑ってかかるなんて、感じが悪くてよ」

「んなっ……！」

ミュリエルも取り巻きたちも、大きく目を見開いてしばし絶句してしまう。

おろおろしてふたりのやりとりを見守っていたエマは、あわててソフィアをかばうように前に出た。

「ゆ、昨夜はわたしのせいで、その、お騒がせしてすみませんでした……！」

「そ……そうよ。あなたが倒れるからいけないのよ、エマ！」

はっとした様子のミュリエルは、ここぞとばかりにエマに扇を突きつけてきた。

「王太子殿下と幼なじみだからと言って、いい気にならないことね！　あなたのようなあがり症の娘が王太子妃になんてなれるわけがないんだから。恥をさらす前にさっさと辞退するといいわ！」

ふんっ、と鼻を鳴らして、ミュリエルは取り巻きを引きつれ、ぷりぷりと図書室を出て行った。

「……エマって王太子殿下と幼なじみなの？」

静かになった図書室で、ソフィアはついエマに尋ねる。

大きな声を出して疲労したのか、胸元に手を当てて息を吐いていたエマは、こくりとうなずいた。

「わたしの母が王妃様……王太子殿下のお母様と、娘時代から親友だったの。だから小さい頃は、家族ぐるみで仲良くさせていただいていたのよ」

だがエマの母も王妃様もすでに故人で、今はほとんど交流がないという。

最後にオスカーと言葉を交わしたのも、エマの母の葬儀のときで、もう三年ほど前になるということだった。

「ちょうどオスカー様も成人されてすぐで、王太子としてお忙しくなってきた頃だったわ。それでもお仕事の合間を縫って葬儀に駆けつけてくださって、嬉しかった……」

思い出を語るエマの横顔を見て、ソフィアは優しくほほ笑んだ。

「エマは王太子殿下に恋をしているのね。王太子妃になりたいというより……オスカー様の花嫁になりたくてここにいるんでしょう？」

　図星だったらしく、エマは一気に真っ赤になった。

「そ、そ、そんなことは……！」

「あるでしょう？　顔に書いてあるもの」

　エマがあまりにあわてるので、ソフィアはつい噴きだしてしまった。

「……ぶ、分不相応だとわかっているのよ。ミュリエルの言っていたとおり、わたしなんかに王太子妃が務まるとも思えないし……」

「そんなに自分を卑下するものじゃないわ。あがり症のひとは無意識に息を詰めていることが多いから、ゆっくり息を吐くことを意識すれば、案外うまくいくかもしれない」

　ソフィアはフレディに教えたのと同じように、エマにも深い呼吸を意識することを告げた。

「緊張することが起きる前には、息を細く長く吐くことを思い出して。少しくちびるを震わせながら、ふーっと長く息を吐くの。吸うのじゃなくて、吐く。これだけでだいぶ違うわ」

「息を長く吐くのね。それならできそうだわ……。ありがとう、ソフィア」

　さっそく深呼吸をはじめるエマに、ソフィアはにっこりほほ笑む。

　選定員としては平等でいないといけないのだろうが、取り巻きを従えふんぞり返ってい

るミュリエルよりは、あがり症であっても素直なエマのほうが、わたしは好きだわ――と
ソフィアはひっそり思った。

食堂で昼食を摂ったあとも、ソフィアとエマはサロンに移動しておしゃべりを楽しんだ。

そのうち、暇を持てあましたほかの候補者の令嬢もやってきて、思いがけずお茶会のような雰囲気ができあがる。

「明日から試験になるのでしょう？　筆記試験ってどういうことをするのかしら」

「歴史や語学の力を見るのではないかと、王城勤めの兄が予想していたわ。あとは字の美しさも見られるそうよ」

「実技の試験はどうなるのかしら。やはりダンスや楽器をやらされるのかしらね？」

「いやだわ。もし王太子様の前で歌を披露しなさいと言われたらどうしましょう。緊張のあまり声が裏返ってしまいそう」

運ばれてきた美味しいお茶とお菓子を手にしながら、令嬢たちはころころと笑い合う。

ソフィアは「本当にね」と相づちを打ちながら、選定員らしく、集まった令嬢たちをじっと観察した。

どうやらみな王都育ちのようで、辺境にいたソフィアとは比べものにならないほど姿勢

も所作も美しい。

明らかに劣っている、あるいは優れている令嬢もいないので、この中から誰かを選べと言われても至難の業だわ……というのが正直な感想だった。

夕食前に解散となり、その後は自室に戻っていったん着替える。

舞踏会があるわけでもないのに、夕食の前には着替えないといけないのね、と面倒に思ったソフィアだが、食堂に入ってその理由がわかった。

テーブルの一番上座に、王太子オスカーが座っていたからだ。その脇にはフレディや、比較的若い青年たちが何人か腰かけている。

フレディはソフィアが入ってくるのに気づくと、ほんの少しほほ笑みかけてきた。

「選考期間中、夕食はわたしも一緒にこちらで摂ることにした。少しでも候補者と交流を深めたいのでね。今日は家柄順に席を決めさせてもらったが、この席順は日替わりで変わっていくから、全員と言葉を交わすつもりだ。わたしも美しい令嬢たちに囲まれて緊張しているから、お手柔らかに頼むよ」

全員が集まったところで、立ち上がったオスカーがそう挨拶する。令嬢たちははにかんだり拍手をしたりして、王太子と食事をともにすることを歓迎していた。

ソフィアは伯爵家の娘なので、今日はオスカーともフレディとも離れた下座の席だ。

だがその席からは、ちょうどフレディをうかがうことができる。ふと顔を上げたときに視線が合うのが恥ずかしくも嬉しかった。

上座ではミュリエルが積極的にオスカーに話しかけている。ミュリエルの正面に座っていたエマはうつむきがちだったが、時折オスカーに話しかけられ、頬を赤らめつつ答えている姿が可愛らしかった。

そのため、ついついエマのことも見つめてしまったのだが、おかげで夕食後に部屋を訪ねてきたフレディに、思いがけない勘違いをされてしまった。

「ソフィア。まさかとは思うが、やはりオスカーに気があるのでは？　あいつのことをじっとうかがっていただろう？」

「んもう、その勘違いは一度で充分です。わたしが見ていたのはエマよ。あなたの近くに座っていたでしょう？」

「エマ……？　ああ、フィスティアーナ公爵家の令嬢か。なぜ彼女を？」

「昼前に図書室で会ったの。昨夜助けた件でお礼を言われて、そこから話が弾んで。午後もずっと一緒にいたのよ」

「なるほど」

フレディは得心がいった様子でうなずいた。

「すまない。どうもあなたのこととなると嫉妬深くなってしまう」

「……ふふ、わたしもアラカにいたとき、あなたにさし入れをする看護師たちにもやもやしていたから、おあいこだわ」

あのときは認めなかったけど、あれは確かに嫉妬だったわ、とみずからの心を振り返り、ソフィアは小さく笑った。

「もう少しあなたと話していたいが、表向き王太子妃候補であるあなたの部屋に長居するわけにはいかないから、今日はこれで戻るよ。オスカーに押しつけられた仕事も残っているし」

「護衛以外のお仕事もされているの？」

「ああ。戦後処理の諸々《もろもろ》を押しつけられている。軍に関わることだから自分よりわたしのほうが適切だと言ってな。まったく、ちゃっかりしているのだから……」

そう愚痴をつぶやきながらも、フレディの口元は『しかたないなぁ』と言わんばかりに緩んでいる。

なんだかんだ言って、オスカーに頼られて悪い気はしないのだろう。ソフィアは少しほっとした。

「オスカー様も、普段のお仕事に加えて王太子妃の選考が入っているからお忙しいのでしょうね。こういうときこそ、フレディ様が支えてあげなくては」

「……あなたにそう言われると、がんばらないと、という気持ちになるから厄介なものだ」

オスカーは苦笑し「それと」と声音を改めた。

「あなたには明日、部屋を移ってもらうつもりだ。王太子の執務室の隣にわたしの部屋も用意させたのだが、そこからここまではだいぶ遠い。表向き王太子妃候補としてとどまる以上、わたしが毎夜のようにここに足を運んでいては、不審がられるしな」

なのでこの部屋に不備があって、フレディは今夜その確認をしにきた、ということにするそうだ。

「部屋を移動する理由を周囲に聞かれたらそう説明してくれ。面倒をかけるが」

「それくらいは面倒でもなんでもないわ。むしろ部屋を移るほうが大変そうだけど」

「お嬢様の荷物はさほど多くありませんので大丈夫です。お嬢様が試験を受けているあいだに、お荷物を移動させておきますね」

リルはにっこりほほ笑んでそう請けおってくれた。

「でも、手伝わなくて大丈夫？　わりとたくさんのドレスを運び込んだ気がするけれど」

「ヴィッツ公爵家のミュリエルなど、旅行鞄を十個も運び入れたと聞いたぞ。馬車を二台連ねての登城だったそうだ」

「……」

王太子妃となって、そのまま王城に住み着く気満々なのだろう。随行した使用人たちの苦労が忍ばれる。

「では、わたしは戻る。ああ、見送りはいらない。あくまで部屋の不備を確認しにきただけだからな」

「ええ。おやすみなさい、フレディ様」

立ち上がって頭を下げるソフィアを、フレディはゆったり抱き寄せ、口づける。

「おやすみ。明日からは……できれば一緒に眠りたいが」

リルに聞こえないよう耳元でささやかれて、ソフィアはぼっと顔を赤らめる。

フレディが出て行ってもなかなか頬の熱は冷めやらず、彼女は意味もなくぱたぱたと首元を扇《あお》いだ。

「王弟殿下があんな情熱的な方だとは存じませんでした」

「……わたしも、時折びっくりさせられるわ」

くちびるを尖らせるソフィアに対し、リルは口元を押さえて意味深にほほ笑む。このぶんでは部屋を移ったあとは、もっとからかわれそうだ。

(でも……フレディ様との時間が増えるのは単純に嬉しい)

自然と明日が待ち遠しくなり、ソフィアの口元も自然とほころぶ。

だが喜びが大きいせいか、なかなか寝つくことができず、翌日は寝不足のまま試験会場に足を運ぶことになるのだった。

試験は全員が一斉に同じものを受けるわけではなく、日替わりでいろいろな会場に足を運ばされた。

ソフィアは一日目と二日目に筆記があったが、エマは二日目には楽器の試験を受けていた。ソフィアに言われたとおり深呼吸して臨んだおかげで、指はいつも通り動いたが、間違って一小節まるごと飛ばしてしまった、とかなり落ち込んでいた。

三日目はソフィアもエマも同じ部屋に呼ばれ、何人かの貴婦人とともに即興での詩作の試験を受けた。

医療と看護の知識は豊富なソフィアだが、詩作はまるきり駄目で、試験というより指南を受けに行ったという感じになってしまった。一方のエマは素人のソフィアでさえ感嘆するほど、叙情的な詩をすらすらと披露していた。

試験を通じて新たに仲良くなった令嬢も何人かいたが、距離が空いたと感じる令嬢のほうが圧倒的に多かった。普通に話していても、いつの間にか腹の探り合いのような会話に発展したり、試験内容を聞き出そうとする会話になることが多かったせいだ。

一週間も過ぎる頃には、神経をすり減らしすぎて情緒不安定になる令嬢も出てきたりして、なかなか修羅場な展開になってしまった。

「それだけみんな、王太子妃になるために真剣に取り組んでいるという証拠だけど。客室棟全体が殺伐とした雰囲気になるのは難よねぇ……」

図書室への道を歩きながら、ソフィアはついリル相手に愚痴ってしまう。リルも「そうですね」と苦笑していた。

「令嬢たちの中には、腹いせに使用人に当たる者もちらほら出てきているそうです。今朝も朝食を下げに言ったとき、スカートを紅茶のシミで汚している子がいました。理由を聞いたら、お仕えしているご令嬢にカップを投げつけられた、と」

「それは気の毒ね」

そしてカップを投げつけた令嬢は、まず王太子妃には選ばれることはないだろう。部屋付きの侍女は、名乗らないだけで全員が選定員だ。

「それに最近、客室棟には若い男性が行き来するようになってきましたでしょう？」

「そういえば、滞在しはじめた頃に比べると多いわね。衛兵ではなく、騎士もよく通っているし」

「半分は王太子殿下の執務室に用があるのですが、もう半分は選定員で、令嬢たちを積極的に誘惑して回っているそうです」

「試験続きで心労が溜《た》まっているところにつけ込んで——というわけね。うーん、さすがに陰湿じゃないかしら？」

だが、あの王太子オスカーのことだ。それくらい乗り越えてもらわないと僕の隣に並ぶことはできないよ、とでも思っているのかもしれない。

だがこれだけ空気がピリピリしている中だ。精神的にまいっているときに、同じ年頃の男性に優しく声をかけられたら、そちらに心を奪われてしまうのは無理からぬことに思えた。

（実際わたしも、夜にフレディ様にあれこれ聞いてもらえるから気晴らしができているところもあるし……）

昨夜のことを思い出し、ソフィアは自然と頬を赤らめた。

新しくソフィアに用意された部屋は、王太子の臨時の執務室から三つほど離れた部屋だった。フレディの部屋は執務室の向こうにあるので、少々遠い。

この距離では結局人目についてしまうのではないか、と思ったが、ソフィアの新しい滞在先となった白百合の部屋には、なんと驚きの仕掛けが用意されていた。

初めて白百合の部屋に入ったその夜。入浴を終え、寝室にあるドレッサーの前で髪を整えていたら、いきなり暖炉の中からゴトリと音が響いて、そこからフレディが出てきたのである。

訪問というより侵入という感じで登場されて、ソフィアは思わず悲鳴を上げて飛びのいてしまった。

どうやら暖炉の奥には秘密の通路があったらしい。王城が火事になったときや攻め込まれたとき、王族がすぐに逃げ出せるよう張り巡らされている隠し通路のひとつ、ということだった。

とはいえこの通路のおかげで、フレディはいつでもソフィアの部屋を訪れることができるようになった。昼間はお互い試験や仕事に忙しいので、フレディがやってくるのはそろそろ就寝しようかという時刻だ。

当然、そんな時間にふたりでいて、甘い雰囲気になるなというのは不可能だ。

最初は節度を保って、お行儀よくその日のことを話したりしているが、なにかの拍子に手や肩がふれあえば、たちまち身体の奥に火が灯る。

口づけられればソフィアもうあらがうことができず、昨日も遅い時間まで愛し合ってしまった。

(思い出すだけでお腹の奥がうずうずしてくるわ……)

平静を保って歩きながらも、少し意識すれば、フレディにさんざん突き上げられた蜜壺の奥があやしく疼いてくる。

昨夜は片足だけ高々と持ち上げられ、側臥位《そくがい》になった状態で貫かれるという、とても恥ずかしいつながり方をしてしまった。

二人がつながるところが丸見えな上、いつもとは違う角度で激しく突かれて、最後は我を忘れるほど愉悦を極めてしまったのだ。

（昼間すれ違うときや、試験に立ち会っているときはとても紳士的なのに……夜だけ、手のつけられない獣みたいになるんだから）

たくましい身体を汗で光らせ、ソフィアの奥をがんがん突きながらも、恍惚《こうこつ》とほほ笑んでいたフレディを思い出し、ソフィアは今度こそ真っ赤になってしまった。

「ソフィア様、ソフィア様、図書室を通り過ぎていますよっ」

「えっ？　あ、あら本当ね。いやだわ、考え事をしていたものだから……」

あわてて呼び止めたリルに、ソフィアはわざとらしく「おほほほ……」と笑う。リルは微苦笑を浮かべていたが、夕食前に迎えにくると行って部屋に戻っていった。

図書室では何人かの令嬢が歴史書や語学の参考書などを開いて、試験前の詰め込み勉強を行っていた。その中にエマの姿を見つけて、ソフィアはそろそろと近づいていく。

「ごきげんよう、エマ。勉強中かしら……？」

「まあ、ソフィア。いいえ、気晴らしに詩集を読んでいたの」

エマの手にしていた詩集を掲げてみせる。比較的新しいもののようだ。

「詩作、上手だったものね。わたしは昔から詩心がなくて。子供の頃にちょっと習っただけでやめてしまったから、試験はさんざんだったわ」

「でもソフィアは筆記試験は迷いなく筆を走らせていたじゃない？　わたしは大陸語の文法に手間取ってしまったし、計算も合っているかどうか……」

「誰にでも得意不得意はあるってことよね。あとはなんの試験が残っているの？」

「ほかのひとの話を聞く限り、ダンスの試験が残っているみたい。あとは乗馬ね。ソフィアは？」

「わたしもダンスはまだだわ。乗馬もだし、楽器もまだ呼ばれていないわね。は～あ、わたし、楽器もからきしなのよ」

ため息をつくソフィアに、エマはくすくすとほほ笑んだ。

エマも真剣に試験を受けているひとりだが、特に気負いすぎたり、他人の出来を気にすることはなさそうだ。自分が緊張しないようにするだけで精一杯という意識がいい方向に働いているらしい。

つきあいやすくてありがたいことだとしみじみ思った。

「ソフィアはあまり緊張した様子がないのね。あなたも王太子妃を目指して試験を受けているのではないの？」

エマもソフィアと似たようなことを考えていたらしい。

思い切って尋ねてきた彼女に、ソフィアは一瞬、本当のことを言おうか迷った。

だが自分は王弟フレディと結婚を約束していて、本当は選定員として滞在中だと話すのは、ほかの候補者に対し公平ではない。

ソフィアは少し考えてから、それらしい理由を話した。

「実は、王太子妃になることにはあまり興味がないの。こういう機会でもなければ王都にくることすらなかったと思うわ。で、せっかく呼ばれたのだから、王様のお城でのんびり過ごすのも悪くないかなぁと思ったのよ」

「つまり、物見遊山みたいな？」

「簡単に言うとそうね。うん、ほとんど観光気分なの」

エマは得心がいった様子で「そうだったの」と深くうなずいた。

「ごめんなさいね。エマは王太子妃になるためにがんばっているのに、わたしはこんな田舎者っぽい理由で」

「いいえ、そんなことはないわ。ただ……この選考会が終わったら、ソフィアはまた領地に戻ってしまうの？」

「えっと……。それはどうかしらね。王都には兄夫婦がいるし、しばらくはそっちに厄介になるかもしれないわ」

「そうなったら嬉しいわ。せっかく仲良くなれたのだもの。戦争も終わって、女子供も自由に出歩けるようになったし、あなたとゆっくりお話しできる機会を作りたいわ」

エマは本心からそう言ってくれているようだ。

なんとも可愛らしく温かい言葉に、胸がじーんとなってしまう。

（お友達を持つってこういう感じなのね……新鮮だわ）

生まれてこの方、ほかの貴族と交流する機会もなく、看護師になってから知り合った人々とは仕事上の付き合いだったから、同じような立場の子と仲良くなる機会はついぞなかった。

今後もそんな機会はないだろうと思っていただけに、エマの申し出には喜びを通り越し、もはや感動すら覚えてしまう。

気が進まなかった王都入りだが、フレディと再会できた上、エマという素晴らしい友人もできたのだから、悪いことばかりではなかったわとしみじみ思えた。

そのとき、部屋に戻っていたはずのリルがやってきた。

「ソフィア様、先ほど連絡が入って、すぐに下の庭のところへ降りてくるように、とのことでした」

「庭に？　あ、もしかしてこれから乗馬の試験ということかしら？」

「こんなふうに急に呼び出されるのはめずらしいけれど……」

ソフィアとエマは顔を見合わせる。とはいえ呼ばれているからには行かないといけないだろう。

「もし試験なら乗馬服に着替えたほうがいいのではなくて？」

「わたし、乗馬はできないのよ。乗馬服も持ってこなかったから、査定するひとにそう伝えてみるわ」

また夕食のときにね、と手を振って、ソフィアはリルに従って図書室を出た。

リルは早足でソフィアを先導していたが、庭に出る直前、周囲に誰もいないことを確認してから、にっこりとほほ笑んで教えてくれる。

「乗馬の試験ではありませんわ。庭ではなく、裏手に通じるところに王弟殿下がお待ちですから、どうぞ行ってさしあげてください」

ソフィアは目を丸くして、急いで外に出た。

「ソフィア」

そこには、一頭の馬を従えたフレディが待っていた。

フレディは始めて会ったときと同じく、将校の軍服姿だ。

王城にやってきてからはほかの貴族と同じように、丈長の上着とジレ、脚衣という格好がほとんどだったから、久々に見る姿にソフィアは頬を染めてしまった。

「も、もう軍は退役したのだと思っていました」

「そのつもりだったのだが、後任が見つからないと言われてな。とりあえず籍だけ置いてある状態だ。まったく、わたしが療養中に見つけておいてくれればよかったものの……オスカーのやつ、絶対にわざと見つけなかったんだ」

ぶつぶつと言いながら、フレディはソフィアを手招いた。

「きれいな栗毛《くりげ》の馬ですね。フレディ様の馬ですか？」

「ああ。子供の頃から世話をしてきたんだ。メリッサという名前だ」

フレディにうながされ、ソフィアはおずおずとそのたてがみをなでてみる。

かすかに尻尾を揺らしていたメリッサは、目を細めておとなしくたたずんでいた。

「おとなしい子なのですね」

「昔から穏やかな気質なんだ。おかげで戦場には連れて行けなかったけどな」

優しい声音から、フレディがこの馬をたいそう可愛がっていることは伝わってきた。

「少し散歩に出ないか？　客室棟に閉じこもってばかりでは退屈だろう」

ソフィアは一も二もなくうなずき、フレディの手を借りてメリッサによじ登った。

「うわぁ、馬の上って高いんですね！」

「乗馬の経験は？」

「ほとんどないんです。アラカには馬自体あまりいないですし。乗馬の試験に呼ばれたら、正直に乗れないと申告するつもりでした」

「馬に乗れない令嬢は別にめずらしくはない。が、経験がないにもかかわらず、馬を怖がらないのはありがたいな」

ソフィアのうしろにまたがったフレディは、そう言ってゆっくりメリッサを歩かせはじめた。

どうやらフレディは王城の裏手に広がる森へ向かっているようだ。

あと一時間もすれば日が暮れ始めるが、彼は慣れた様子で馬を進ませる。ソフィアが怖がらないことを察すると、メリッサを軽快に走らせた。

身体が上下する感覚は慣れないものだったが、耳元を風がびゅんびゅん吹き抜けていくのは気持ちいい。子供のようにはしゃいだ声を上げるソフィアを、フレディは愛しげに見つめていた。

やがて馬は森に入っていく。普段から狩りに使われている森のため、道はそれなりに整備されていた。そこをずっと走って行くと、ぱっと視界が開けて小さな湖に出る。

「わぁっ……！」

ソフィアは思わず目を輝かせた。

緑に囲まれた森の中に、ぽっかりと湖がある光景は、温泉街育ちの彼女にとってはおとぎ話からしか想像できないものだった。

大きく荘厳な王城も素晴らしいと思ったが、柔らかな日差しと濃い影を落とす森、静かな水面が広がる湖は、それ以上に胸を打つ光景だった。

「なんて素晴らしいの……」

「気に入ったか？」

「ええ、とっても」

メリッサから降ろしてもらったソフィアは興奮のあまり頬を紅潮させ、うっとりと湖に

見入る。そんな彼女を、フレディも満足げに見つめていた。

「昔から、王城でむしゃくしゃしたことがあると、メリッサを駆ってここまで逃げてきたものだ。成長してからは逃げ出すようなことはなかったが……今でも、ささくれだった心のときにここにくると、なんとなく息がつける感じがするんだ」

「わかります。こんな素敵な光景ですもの。緑を見ると落ち着きますね」

「ああ……アラカは山の色も、あまり緑という感じじゃなかったな」

砂利と煙、硫黄の匂いが漂う土地を思い出したのだろう。メリッサを草地に放し、こちらに歩み寄ってきたフレディがわずかに苦笑した。

「湖の水もきれいですね……あ、見てください、魚が泳いでる」

湖の縁に膝をついたソフィアは、底のほうで泳ぐ小さな魚を見つけて歓声を上げた。

「そんなに身を乗り出すと落ちるぞ」

「大丈夫ですよ。子供じゃないんだから——きゃっ」

言っているそばから手を滑らせてしまい、ソフィアの身体がぐらりとかしぐ。

フレディがすぐに腕を伸ばして引き上げてくれたからよかったものの、一歩間違えれば水の中に真っ逆さまになるところだった。

「ご、ごめんなさい」

青くなって謝るソフィアに、フレディはぷっと噴きだした。

「……や、やはり、あなたはどこか抜けているな。すごくしっかりしているように見えるのに、時々こういうドジを踏む。おかげで目が離せない」

「そ、そんなに笑わなくても」

ソフィアはむくれるが、実際に落ちそうになったのは確かなので、それ以上なにも言えなかった。

ひとしきり笑ったフレディは、ソフィアをぎゅっと抱え直す。ソフィアが顔を上げるとふたりの視線が絡まって、自然とくちびるが重なっていた。

「ソフィア……」

かすれた声で名前を呼ばれて、胸がきゅんと高鳴る。

だが彼の手がドレスの襟を開き、中へ入ってきたときには、息を呑まずにはいられなかった。

「フ、フレディ様、なにを……」

「あなたがあまりに可愛いから、抱きたくなった」

「だっ……」

当たり前のことのように平然と言われて、ソフィアは思わず固まってしまう。

その隙を突いて、フレディは彼女の胸元をはだけさせ、コルセットに包まれていた乳房を取り出した。

「ま、待って、こんなところで……っ」

「別に誰も見ていない」

「そういう問題ではなくてっ。不謹慎……、あぅっ」

乳首をきゅっとつままれて、ソフィアはついびくんと肩を揺らしてしまった。

「たまにはこういうのもいい」

フレディは楽しげにほほ笑んで、ソフィアの身体を前に倒す。彼女が四《よ》つん這《ば》いになったところで、ドレスのスカートをまくり上げ下着を引き下ろした。

「い、いやです、こんな格好……」

「どんな格好だ？　お尻を背後に突き出すこの体勢のことか？」

わかっていて聞いてくるなんて悪趣味だ。ソフィアはむくれるが、秘所にぬるりとした感覚を覚えて、思わず「ひあっ⁉」と叫んでしまった。

「あ、や、やぁ……っ、舐めな、で……」

フレディはかまわず、ソフィアの秘裂を尖らせた舌先でちろちろと舐めてくる。明るい日が差す屋外で、胸と下半身だけさらして、恋人に秘所を舐めさせるなんて……

「こっちがいやなら、いっそ、こちらをいじろうか？」

「やっ……」

フレディの指先が後孔のすぼまりをくすぐってきて、ソフィアは真っ赤になった。

「そ、そんなところ、絶対にだめ……っ」

「ならこちらで我慢してもらうしかないな」

「ひゃぁうう……！」

フレディの指が後孔から秘裂へ滑る。あふれる蜜を指先に絡ませ、わざとくちゅくちゅと音を立てる彼に、ソフィアはきゅっと眉を寄せた。

「い、いじわる、しないで……っ」

「心外だな。あなたの感じやすいところを可愛がっているだけだよ」

「そ、それが、いじわるって言うの……！　あ、あぁ、うっ……！」

蜜を纏った指がぬぷりと蜜口に入ってきて、中でくいくいと動かされる。

感じやすいところを擦られるとあっという間に腰奥が熱くなって、つい地面に爪を立ててしまった。

「そう言うあなただって、もうずいぶん濡れている」

「言わないでぇ……っ、あぁ、あ、そこはっ……！　あぁぁっ！」

一度指を抜いたフレディが、ソフィアの背後から覆いかぶさるような体勢を取って、再び秘所に手を伸ばしてくる。

大きな右手で秘所全体を包まれ、蜜壺に埋めた指を抜き差しされながら、手の付け根で花芯をぐりぐり圧された。

「あぁあああ……！」

内と外から刺激を受けて、ソフィアは太腿をがくがく震わせて感じ入る。

フレディは空いている手を彼女の胸に伸ばし、両方の乳房を器用に愛撫していく。

襲いかかる快楽にあらがって、ソフィアは無意識に前へ逃げだそうとするが、その腰をフレディがぐっと引き戻した。

「ひあぁあう……！」

「湖に落ちるつもりか？　ほら、目を開けて見てみろ。湖面にあなたが映っている」

「……？」

目を閉じてはぁはぁとあえいでいたソフィアは、ゆるゆると顔を上げて水面を見つめる。

そこにはフレディの言うとおり自分の顔が映っている。だがその顔は快感と愉悦のあまりだらしなく緩み、ほてっていて、見るからにとろけていた。

なんともみだらな様相に、いっそう羞恥があおられ、身体中が熱くなってしまう。

「今、感じたのか？　中がきゅうって締まった」

「ち、ちがっ……、あぁあああっ……！」

ぐちゅぐちゅと指を抜き差しされて、ソフィアの抗議はあっけなくさえぎられた。

もう達してしまいそう……というとき、フレディは指を引き抜き、自身の腰元を緩める。

そして布地を押し上げるほどたかぶっていた己の切っ先を、ソフィアの蜜口にあてがった。

「ひあぁぁあ！」

そのままずぶりと挿入されて、ソフィアは喉を反らして嬌声を上げる。

みっしりと張り詰めた熱杭が蜜壺をいっぱいにしてくる快感に、身体ががくがくと震えて、意識がふっと飛びかけた。

「――っ、いったのか、ソフィア？」

ソフィアは答えられない。突然襲ってきた絶頂に身体が大きく震えて、崩れ落ちないようにするだけでいっぱいいっぱいだった。

だが彼女の意思に反して、蜜壺はもっと刺激をくれとばかりに、彼の雄芯にぎゅうっと絡みついていく。これにはフレディも熱いため息をついていた。

「ああ、ソフィア、そんなにしては止まらなくなる……っ」

フレディは言葉どおり、ソフィアの腰をしっかり掴むと、すぐに律動をはじめた。

「ひあっ、あ、あぁ、あぅ！」

どちゅどちゅと奥を突かれて、ソフィアはうめきともつかない声を漏らす。激しく腰を打ちつけられるたび、先端を尖らせた乳房がふるふると揺れた。

フレディもまた息を荒げながら、ソフィアの背に覆いかぶさって、両手で乳房を揉んでくる。

「ひあぁあ……！　ち、くび……だめぇ……ッ！」

蜜壺への刺激だけでも身体が熱くてしかたないのに、そこへ乳首もいじられては、よけいに下腹部の奥が疼いてしかたない。

はぁはぁとあえぐ喉元まで熱さが込み上げ、身体中がすっかり快感の虜《とりこ》になってしまっている。

「や、ぁ、もう……おかしくなるからぁ……！」

「それだけ感じている証拠だな……わかるよ、あなたのここがすごくきつくて、熱い……っ」

フレディが耳元でささやいてくる。その声音にも吐息にも感じてしまって、ソフィアはあられもない悲鳴を上げた。

「いあぁああアあ……ッ！」

下腹部の奥が燃えるように熱くなり、身体中がきゅうっとこわばる。

次の瞬間、愉悦が指先にまで一気に広がって、ソフィアはうねるような絶頂に呑まれた。

「うっ――」

蜜壺がぎゅうっと締まって、フレディが苦しげな声を上げる。

なんとか吐精をこらえた彼は、はくはくと息をするソフィアの腰をぐっと引き寄せ、あぐらを掻いた自分の上に座らせる体勢を取らせた。

「あぁあう！」

絶頂に襲われていたソフィアは、真下からずんっと最奥を突き上げられて、びくんっと大きく震える。

そのまま、今度は下からずんずん突き上げられて、彼女は「あぁあああ！」と白い喉を反らした。

「ひあぁ、ああ、ああ、やぁあ……！」

「はぁ、ソフィア……！」

ソフィアの首筋や耳元に口づけながら、フレディがうっとりとささやく。そのあいだも大きな手でソフィアの胸を揉み、より硬く張り詰めた己の雄で、ソフィアの蜜壺をまんべんなく刺激していた。

「あぁあ、あぁ、ひっ……あ、あぁ、はぁ……！」

激しく上下に揺さぶられて、あちこちから快感を送られ、ソフィアはもうまともにものも考えられない。

息も絶え絶えになった彼女を振り向かせて、フレディは食らいつくように、濡れたそのくちびるに吸いついてきた。

「んぅ――……ッ‼」

唇の端から唾液がこぼれるほど激しく舌を絡ませられて、ソフィアは再び細い身体をがくがくと震わせてしまう。

舌をきつく吸われながら、両方の乳首を指先できゅうっとつままれて、ソフィアはあっけなく絶頂に打ち上げられた。

「はっ、はあ、あぁ、もう……もぅ、ゆるしてぇ……！」

あまりの快感にすすり泣いてしまうが、フレディはさらに腰を突き上げてくる。

彼が耳元で低くうめくのにも身体がびくびくと反応して、ソフィアはなすすべもなく悲鳴を上げた。

「あぁあああぁぁあ――ッ……！」

甘い悲鳴が森と湖に吸い込まれる。それと同時にフレディも大きくうめいて、募りに募った欲望を解放させた。

張り詰めた先端から熱い精がどくどくと注がれ、下腹の奥にじんわり広がっていく。染み入るような感覚に、ソフィアはびくんびくんっと震えながら、うっとりと目を伏せた。

上がった息をはぁはぁと整えているうち、日が傾き、いつの間にかオレンジ色の夕日があたりを照らしている。

夕日を浴びて金色の輝く湖面と、濃い影を落とす森の木々のあまりの美しさに、快感が抜けやらないソフィアはぼうっと見入ってしまった。

フレディも同じような気持ちだったのだろうか。お互いの身体にそれとなく体重を預けて、ふたりはしばし自然が映し出すグラデーションを堪能した。

そうして日が沈む頃には、すっかり疲れ切ってしまった。ソフィアは彼とつながったまま、その肩口に頭を預けてことんと眠りに落ちる。

その後、フレディはソフィアのドレスを直し、彼女を愛馬に乗せ、のんびり王城に戻った。

なかなかふたりが戻らず、白百合の部屋で気を揉んでいたリルは、土と泥で汚れたソフィアのドレスを見てなにが起きたか察したらしい。

フレディに文句をつけることこそしなかったが、ついじとっとした目で睨んでしまったと、目を覚ましたソフィア相手にため息をついていた。

もっとも、夜遅くにフレディが暖炉から現れたときには、さすがにあきれたという表情を隠しもしなかったが。

「あの侍女、可愛らしい顔立ちをしているわりに、結構怖いな」

リルが下がるなりぼそっとつぶやくフレディに、ソフィアはつんと顎を反らした。

「フレディ様が屋外で無茶《むちゃ》をなさるからです」

「……面目ない」

さすがにやり過ぎたと思っているのだろう。フレディは殊勝に謝った。

――が、それでも、いざふたりで寝台に入ったら、やはりお互いに求めるなというのは無理な話だ。

その日も遅くまで身体をつなげながら、ソフィアはフレディが与えてくれる快感に、うっとりと酔いしれるのだった

＊　＊　＊

その翌日と翌々日で、王太子妃候補に課される試験はほとんど終わったようだ。

三日後の朝食時には、昼前に試験結果が食堂に張り出されることをリルから聞かされることになった。

「ソフィア様は選定員で、引き続きほかの候補者様たちを見ていただく役目があるので、合格となっているそうです」

「ただの候補者だったら、きっとここで落とされていたでしょうね。昨日のダンスの試験もさんざんだったもの」

相手役を務めてくれた貴婦人の足を三度も踏んでしまったことを思い出し、ソフィアは肩をすくめる。リルもその場にいて、貴婦人が痛そうな悲鳴を上げるのを聞いていたからか、なにも言わずただ苦笑していた。

そのとき、寝室の奥の暖炉が動いて、フレディがひょいと顔を出す。

この時間に彼がやってくるのはめずらしいことだ。

ソフィアの寝室で休むことが多いフレディだが、あいかわらず長く眠れない症状は続いているらしく、夜明け前には起きて、鍛錬のために外へ行ってしまう。ソフィアが目覚める頃には、彼はもう朝食も終えて王太子の執務室に詰めているのだ。

「おはようございます、フレディ様。なにかありましたか？」

カトラリーを置き、立ち上がって礼をしたソフィアに、フレディは「そのままでいい」と声をかけた。そして自分も食卓に着く。

気を利かせたリルがお茶をお持ちしますと下がると、彼は少し考えるそぶりを見せつつ、口を開いた。

「あなたが選定員として、王太子妃候補たちと過ごすあいだ、わたしもいろいろ考えてみたのだが……」

「はい」

「……あなたをさんざん領地に連れ帰ると行っていた手前、言いにくいのだが。やはり、少なくとも何年かは、王都で暮らそうかと思うんだ」

「まぁ、フレディ様。ということは……」

大きく目を見開き、思わず腰を浮かしかけたソフィアに、フレディはしっかりうなずいた。

「オスカーに毎日口説かれるのにうんざりしたというのもあるが……戦後処理が思ったよりいろいろあるし、オスカーも実際に忙しいようだから、王太子の補佐官として、しばらくはあれこれ手伝うことに決めた」

「それがいいです。オスカー様も喜ぶことでしょう」

手を叩いて賛成するソフィアだが、フレディの表情は複雑だ。

「だが、あなたは本当にそれでいいのか？　アラカにしばらく帰れなくなる……」

「前にも言いましたが、わたしにとって重要なのはフレディ様のおそばにいることですし、看護師の仕事はどこでもできます。……むしろここは王城なのだから、優秀な医官もいらっしゃいますよね？　そういう方に弟子入りして、勉強することはできないかしら？」

ふと顎に手を当てて考え込むソフィアに、フレディは小さく苦笑した。

「本当に、あなたは仕事熱心というか……。あなたが望むなら、王族の主治医でも国一番の開業医でも、誰でも紹介するよ」

「嬉しい！　フレディ様がお勧めのあいだ、わたしもしっかり勉強しますね」

目を輝かせてうなずくソフィアを見て、フレディは肩の力が抜けたような表情になった。

「あなたは本当に……いつもわたしの気持ちを軽くしてくれる。あなたのようなひとがそばにいてくれて、わたしは本当に幸せ者だ」

「大げさですわ。それにわたしにとっても、フレディ様は大好きなひとですし」

「そんなことを言われたら襲ってしまうぞ」

本当に襲うように身を乗り出してキスしてきたフレディだが、お茶を持って戻ってきたリルの咳払《せきばら》いによって、それ以上の行為は阻まれた。

「王弟殿下、ソフィア様はそろそろ合格者の発表を見に行かれる頃ですので」

「選定員のあなたは引き続き滞在するから、当然合格となっている。見に行く必要はないだろう」

「でも、ほかに誰が残ったかは見たいわ」

ソフィアの言葉に、それもそうか、とフレディはひとまず納得してくれた。

そうして二言三言言葉を交わして、フレディは再び暖炉の隠し通路に入る。ソフィアは食後の紅茶を飲んでから食堂へ向かった。

普段は食事の時間帯しか混み合っていない食堂に、今は大勢の令嬢が詰めかけていた。

合格者の名前は壁の高いところに張り出されており、遠くからでも確認できる。ソフィアは自分のほかにエマの名前を見つけて、思わず「やったわ」と叫んでいた。

（ひとりに肩入れしてはいけないと思っても、やっぱりお友達の名前があるのは嬉しい！）

ほかに合格していたのは、ソフィアを抜かせば六人だ。全員と話したことがあるが、確かに王太子妃になるのにふさわしい、公平さと賢さを兼ね備えた令嬢たちだったと思う。

順当に審査した結果だと素直に思えた。

だが、全員が全員そう思うわけではない。

特に、前のほうにいた何人かが、急にソフィアがいる出口に移動してきて「どきなさいよ！」と怒鳴り散らしているのには、思わずはっと息を呑んだ。

（ミュリエルだわ。あの子は……合格しなかったのね）

先頭を歩いていたミュリエルは怒りと屈辱で顔を真っ赤にしながら、靴音高く隣のサロンへ歩いて行く。

ソフィアはなんとなくいやな予感がして、こっそり彼女たちのあとを追いかけた。

サロンの入り口から中をのぞくと、案の定、ミュリエルが取り巻きのひとりに当たり散らしているところだった。

「どうしてわたくしが不合格で、あなたなんかが最終候補に残るのよ！　いったいどんな手を使ったの⁉　家族に頼んで賄賂でも送らせたんじゃないでしょうね⁉」

ミュリエルに怒鳴られているのは、取り巻きの中でも比較的地味な令嬢だ。

確か、さる侯爵家の娘だったと記憶している。父親がミュリエルの父の部下であるため、必然的にミュリエルの太鼓持ちをさせられているのだ——と、ほかの令嬢から聞いたことがあった。

令嬢同士、家同士いろいろな事情があるのだろうが、忖度《そんたく》しなかったことでこんな事態に陥るとは。

　とうの侯爵令嬢も真っ青になって頭を下げている。彼女が謝ることではないし、むしろ最終候補に残ったことを堂々と誇ってもいいはずなのに。

　そう思うと、子供のように地団駄を踏んで怒鳴り散らしているミュリエルに対し腹立たしい感情が湧いてくる。

　ミュリエルはその後もさんざんわめいてから、扇の先端を侯爵令嬢に突きつけ、居丈高に口を開いた。

「あなた、今すぐ合格を辞退してきなさい。そして代わりにわたくしを推薦してきなさい。そうすれば引き続き、わたくしのお友達でいさせてあげるわ」

　なんとも上からの命令に、ソフィアは怒りはもちろんあきれも感じて「はぁ？」とつぶやいてしまう。

　だがとうの侯爵令嬢はくちびるを震わせ、なんと「ミュリエル様の仰せの通りに……」とつぶやいたのだ。

　黙って聞いていられたのはここまでだ。ソフィアはサロンの扉をわざと音を立てて開き、ずんずん中に入っていった。

「な、なによ？　いきなり入ってくるなんて……っ」

「あら、ここは誰でも立ち入り可能なサロンよ。それとも、聞かれたら都合の悪い話でもしていた？　そういう話はそれぞれのお部屋でしたほうがいいと思うけど」

堂々と入り込んできたソフィアに、ミュリエルは気圧《けお》されたようだったが、すぐに尊大に胸を反らして前に出てきた。

「どっちみちあなたには関係ない話よ。それより、あなたも合格者に名前が入ってたわよね。いったいどうしてかしら？　あなたのようにダンスも楽器もひどい令嬢が、なぜ合格者に名を連ねていたかが不思議だわ。あなたもロザリーと同じように、王太子様に賄賂でも摑ませていたんじゃないの⁉」

名指しされた侯爵令嬢がびくりと肩を揺らしてうなだれる。

ソフィアは軽く肩をすくめ「そんなわけないでしょ？」と返した。

「自分が合格しなかった腹いせかなにか知らないけれど、せっかく合格した子に辞退を命じて、おまけに自分を推薦させるなんて、恥ずかしくないの？　そんなことをして王太子妃になったところで、あのオスカー殿下のことよ、すぐに不正があったと見抜くわ。その結果、恥を掻くのはあなたなのよ？」

「うっ……うるさいわね！　あなたのような田舎者に、偉そうに説教なんかされたくないわ！」

ミュリエルは足を踏みならしながら言い返す。

しかし、傷病軍人相手に働いたソフィアはその程度ではひるまない。むしろさらに一歩前に出て、ミュリエルをまっすぐ睨みつけた。

「正しいことを主張するのに都会も田舎も関係ないわ。今ならなにも聞かなかったことにするし、どこにも報告しないから、その子――ロザリーを追い詰めるようなことは、もうやめなさい」

ミュリエルは「くっ……」とくちびるを嚙みしめぶるぶる震えていたが、やがて自棄《やけ》を起こしたように扇を高々と振り上げた。

「あ、あなたなんかに指図される覚えはないわよっ！　さっさと消えて――！」

ミュリエルが扇を振り下ろしてくる。

ソフィアはとっさに手で頭をかばうが、衝撃を受けることはなかった。

扇が振り下ろされそうになった直前――駆けつけたフレディが、とっさにそれを受け止めたからだ。

それと同時に、フレディはソフィアの身体をぐいっとうしろに引き、自分の片腕に閉じ込める。

ソフィアは大きく息を呑むが、自分を抱きしめるのがフレディとわかり、無意識のうちにほっと肩の力を抜いていた。

「これはいったいなんの騒ぎだ。ヴィッツ公爵令嬢ミュリエル」

大柄な上、冷たい表情の王弟からぎろりと睨まれ、ミュリエルは「ひっ」と短い悲鳴を上げた。

「あ、あっ、わたくしは……！」

「今見た限り、こちらの令嬢を扇で打とうとしていたようだが？」

フレディの声は底冷えするほど低く恐ろしかった。彼の普段の様子を知らなかったら、ソフィアもほかの令嬢たちと一緒に震え上がっていたことだろう。

実際、吹雪に遭ったように全身をがくがく震わせたミュリエルは、ほとんど涙声になって弁解した。

「い、い、いえ、そのようなこと……！　ちょ、ちょっと手が滑っただけですわ。わ、わたくしは、合格したふたりに声をかけていただけで……決して打とうとしてなど……！」

フレディは甚だ疑わしいという顔をしながらも、摑んでいたミュリエルの手首をぽいっと放した。

よほど恐ろしかったのだろう。ミュリエルはよろよろと後退して、壁に背をぶつけてしまう。

「ミュリエル嬢は、確か最終候補には残らなかったはずだ。彼女はもちろん、不合格だったほかの令嬢も、即刻荷物をまとめて王城を立ち去るがいい。騒ぎを起こしたことを王太子殿下に不問にしてほしい、と思うならな」

フレディにきつく睨みつけられ、ミュリエルたちは蜘蛛《くも》の子を散らすようにあわてて逃げていった。

ただミュリエルだけは、「覚えていなさいよ」と捨《す》て台詞《ぜりふ》を吐いていったが。

(あれだけおびえていたくせに、捨て台詞を吐けるのはむしろすごいと思うわ……)

ばたばたと去って行く令嬢たちを見送って、ソフィアはため息をついた。

「災難だったな。──さて、そろそろ昼食だ。本日は王太子殿下が同席し、合格者ひとりひとりにお言葉をかけることになっている。そのためにわたしが呼びにきたのだ」

王弟らしく語ったフレディは、おろおろとたたずんでいたロザリーにまず目を向けた。

「あなたは先に食堂に入っていなさい。わたしはソフィア嬢から、先ほどのやりとりについて話を聞かなければならない」

「は、はい、王弟殿下」

ロザリーは弾《はじ》かれたように礼をして、すぐにサロンを出て行った。

「……大丈夫か、ソフィア？」

「ええ。あなたが助けてくださったもの」

「いったいなにがあったんだ？　……聞かなくてもだいたいわかるが」

うんざりした顔のフレディにちょっと笑って、ソフィアは簡単にあらましを説明した。

「……ヴィッツ公爵は昔から娘を甘やかしていたからな。おかげでミュリエルはあんなわがまま娘に育ったのだろう。どのみち、試験の成績は上位でも、生活態度が最低とわかっている相手を、最終候補に残すわけにはいかないからな」

「ミュリエル様の態度、そんなに悪かったの？」

「連日使用人相手に文句を言いまくっていたそうだ。運ばれてくる朝食が気に入らないだの、髪結いが下手だの、風呂に気に入りの香油がないだの。おかげで部屋付きの侍女が四回も変更になった」

「……」

それは確かに救いようがない。

「ただ落ちただけなら、ミュリエルもあそこまで荒れなかったと思うの。いつも取り巻きにしている子が受かったから、よけいに腹が立ったのでしょうね」

「なんにしても同情の余地はない。ましてあなたに手を上げるなど言語道断だ」

「ほら、向こうもわたしがあなたと結婚の約束をしていることは知らないわけだし」

それはそうだが、とフレディはむっつり黙り込む。気に入らないという態度がありありと出ている彼に、ソフィアは小さく噴きだした。

とにかくふたりで食堂に移動し、それぞれの席に腰かける。これまでは大勢の候補者と一緒だったが、今はもうひとつのテーブルで事足りるほどだ。

全員が席に着くと、上座に腰かけていた王太子オスカーは「全員おめでとう」と快活な笑顔で挨拶して、乾杯の音頭を取る。

その後の昼食もいつもより和やかな雰囲気で進んだので、ソフィアとしては気が楽なものだった。

「最終候補に選ばれたあなた方は、いずれも貴婦人の鏡と言っていいほど素晴らしい令嬢たちだ。そのため、今後は主にわたしとの相性を見る形になる。明日からひとりずつ、一緒にお茶を飲んだりする時間を設けるつもりだ。楽しいひとときを過ごせることを願っている」

オスカーのその言葉で、昼食はお開きとなった。

「どうしましょう、ソフィア。王太子様と一緒にお茶ですって……！」

「あら、ちょっとしたデートだと思えばいいじゃない。そんなに緊張することないわよ」

「デ、デート……！」

興奮と緊張で顔を真っ赤にしていたエマは、デートという単語を聞いた途端、その場に固まってしまった。

ソフィアは小さく笑って、彼女の背を優しく撫でてやる。

「あなたはそのままでも充分素敵よ、エマ。自信を持って」

「うぅ……わたしよりソフィアのほうが、よほど堂々としていてすごいと思うけれど……」

部屋に戻る道すがら、落ち込むエマをソフィアはひたすら励ます。

そうして彼女を部屋に送ったあとで、うしろから「あの……」と声をかけられた。

振り返ってみると、そこにはミュリエルから脅迫を受けていた、あの侯爵令嬢がたたずんでいた。

「ああ、ええと、ロザリーだったわね？　さっきは災難だったわね」

「い、いいえ、ミュリエル様の癇癪《かんしゃく》には慣れているから」

ロザリーは弱々しくほほ笑む。

慣れていると言ってしまえるほど、あの理不尽に日々さらされてきたのか……と、ソフィアはひどく気の毒になってしまった。

「わたし、あなたにお礼を言いたくて追いかけてきたの。さっきは助けてくれて本当にありがとう」

「わたしはなにもしていないわ。結果的に止めてくださったのも、フレディ様……王弟殿下だったし」

「でも、嬉しかったわ。今までああやって助けてくれるひとはいなかったから」

頬を染めてほほ笑んだロザリーは、ふと真顔になってソフィアの近くに寄った。

「でも、気をつけて。ミュリエル様も『覚えていなさい』と言っていたでしょう？　あの方、自分が受けた屈辱は倍にして返さないと気が済まない性格だから、あなたになにかしらのいやがらせをしてくるかもしれないわ」

「そうは言っても、ミュリエルは昼食のあいだにもう王城を出て行ったでしょう？」

その証拠に、あれだけ賑やかだった客室棟は、今はずいぶん静かになっている。廊下を行き交うのも役人や衛兵ばかりだ。

だがロザリーは暗い表情を崩さなかった。

「そう思うのだけど……ミュリエル様が目をつけたひとたちは、ほとんど無事では済まなかったから、心配で」

「それで知らせにきてくれたのね……ありがとう。あなたこそ、ミュリエルにそうとう恨まれていたみたいだから、今後が心配ね。なんなら、王太子様とのお茶会のときに、そのことを打ち明けてみたらどうかしら？」

「ええっ？　そ、そんな個人的なことを、王太子様になんて言えないわ……！」

「でもあなたの今後を考えると、言っておいたほうがいいと思う。あなたが責められていたことは、さっき王弟殿下にも説明しておいたから、きっとすぐわかってくれると思うし」

ロザリーはひどくうろたえていたが、やがて覚悟を決めた面持ちでうなずいた。

「確かに、わたしも好きでミュリエル様の取り巻きでいたわけではないの。お父様の仕事の関係でしかたなくだったから……。でも、そろそろそこから離れなくちゃね。ありがとう、ソフィア。あなたのおかげで勇気が湧いてきたわ」

「その意気よ」

声をかけてきたときとは打って変わって晴れやかに笑うロザリーを、ソフィアも笑顔で見送ったのだった。

第四章　救いの存在

それから二日後のある昼下がり。ソフィアは王太子オスカーと、中庭で茶会を催していた。

「ほかの候補者には世間話とかを振るんだけど、君は選定員だから単刀直入に聞いちゃうね。今のところ君のほうから推薦したい候補者はいる？」

金の持ち手の美しいカップを優雅に傾けながら、王太子オスカーはにっこりほほ笑む。

ソフィアもカップに口をつけてから答えた。

「どのご令嬢も礼儀正しくて、腹の探り合いなどもしてこない上品な方々です。正直、これという方を選ぶのは難しいですね」

「君は個人的に仲良くしている子はいないの？」

「フィスティアーナ公爵家のエマ様とは仲良くさせてもらっています」

「エマも君を一番のお友達だと紹介していたよ。あ、昨日はエマとお茶会だったんだけどね。すっかり緊張して真っ赤になっていて可愛かったなぁ」

オスカーの言葉には少なからず本心が混ざっているように聞こえる。ソフィアは探るように彼を見つめた。

「エマは王太子様とは幼なじみと聞いています」

「うん。小さい頃から知っている。お互い年頃になってからはほとんど交流がなかったけれど……だからこそ、あんなにきれいに成長していてびっくりしたな」

しみじみとした面持ちのオスカーを見る限り、エマへの印象は悪くないようだ。……むしろオスカーもエマに気があるのではないか？

「では、エマを王太子妃にお選びになるのですか？」

「うーん、どうだろう、僕はそれでもいいと思っているけれど……。ずっと彼女のことは妹のように見てきたし。今さら男として迫ったら、あの性格だから、怖がられちゃうんじゃないかな？」

「そんなことはありません！」

ソフィアは思わず身を乗り出して主張してしまった。おかげでテーブルが揺れて、お茶の入ったカップがガチャンと耳障りな音を立てる。

「すみません、無作法を……。でも、本人に聞かないうちに、相手の気持ちを決めつけるのはよくないと思いますわ。それに……殿下をお兄様のように思っていたなら、エマのことだから、早々に王太子妃候補を辞退していたのではないでしょうか？」

この場で『エマはあなたのことを異性として好きなんです』と言えれば、万事解決する気がするが、さすがにそれはエマに対し不誠実だ。こういうことは、あくまでオスカー本人に気づいてもらわなければ意味がない。

　オスカーはふと真顔になって紅茶のカップを見下ろす。しばらくそうしていた彼は、やがて「その通りだね」と静かにうなずいた。

「正直、最終候補に残った令嬢たちは、王太子妃の資質をもれなく備えているから、逆に誰を選ぼうかすごく悩んでしまうほどなんだ。だからこそ……ここからはもう、僕の気持ちで選んでもいいかなと思っている」

　ソフィアは思わずほほ笑んだ。

「わたしも、それでいいと思います。だって、夫婦になるんですもの。愛し合える関係のほうがいいに決まっていますから」

「そうだよね。あの堅物のフレディを射止めた君が言うとすごく説得力があるな……。ねえねぇソフィア、あの無表情で無愛想なフレディのどこを気に入ったの？　あいつ、王宮では動く彫像とまで言われるほど無表情すぎて、大勢から遠巻きにされていたんだ」

「動く彫像……」

　さすがにそれは誇張が過ぎる気がするが。

「もちろん僕は、あいつが無表情でも無感情でもないことを知っているよ。でも生い立ちが生い立ちだけに、ずっと感情を押し殺して生きてきたことも理解しているから」

「王宮の方からすると、そうなのでしょうね……。でもアラカで療養していた頃のフレディ様は、とても表情豊かで、快活な紳士でしたよ。看護師たちにもたくさん囲まれて、どちらかと言えば人気者でした」

「おそらく、そっちがフレディの本質なんだろうなぁ」

オスカーは感心したように息をつき、頭のうしろで両手を組みながら、行儀悪く椅子の背もたれに寄りかかった。

「あいつにとって王宮が居づらい場所だってことはわかっているんだ。だからこそ、戦後処理にかこつけて、あいつに反感を持つ奴《やつ》らは半分くらい閑職に追いやったんだけど。子供の頃に植え付けられたトラウマってそうそう克服できるものでもないし」

どうしたものかと悩ましげなオスカーに、ソフィアは「でも」と身を乗り出した。

「フレディ様は、殿下がそうやって心を砕いてくださったことを理解したから、補佐官の役目を引き受けることにしたのだと思います」

「だといいんだけどね」

オスカーは苦笑しながら姿勢を正した。

「フレディのこと、これからも支えてやってほしい。すべてにおいて無表情を貫いているあいつが、君のことを話すときは本当に嬉しそうに笑っているんだ。あいつにとって君は太陽みたいなものなんだろう」

　さすがに太陽は大げさだと思うが、フレディの気持ちを明るくできているなら本望だ。

　ソフィアは「もちろんです」としっかりうなずいた。

「──さて、選定員としての君の意見も聞けたし、お茶会はここでお開きにしよう。ほかの子とは最低でも一時間は話すんだけど、君とふたりきりでそれほどの時間を過ごしたら、それこそフレディに睨まれる。あいつ案外嫉妬深いんだよなぁ」

　知らなかった……とぶつぶつ言いながらオスカーは残りのお茶を飲み干す。そして手元のベルを鳴らして、会話の届かないところに控えていたリルを呼び寄せた。

「アダーソン伯爵令嬢とのお茶会はこれで終わりにする。以降も彼女が快適に過ごせるよう取り計らってくれ」

「かしこまりました」

「じゃあソフィア、またね」

　オスカーは軽く手を振って、先に屋内へ歩いて行った。

「ソフィア様もお疲れ様でした」

「疲れるほどのことではなかったわ。リルこそ待っていてくれてありがとう」

　ソフィアも残りのお茶を飲んでから、屋内へと向かった。

「夕食までまだお時間がございますね。図書室にでも行かれますか？」

「そうね。部屋にいてもやることもないし。また本を探すわ」

リルは承知しましたと挨拶をして、ソフィアを図書室まで送ると白百合の部屋へ戻っていく。

ソフィアは本棚のあいだを歩いて、めぼしい作品を探すが、これと言って読みたいものが見つからなかった。

「滞在中はずっと物語本ばかり読んでいたけど……要するに、飽きてきたのよね」

ぼそっとつぶやいたソフィアは思わず天を仰いだ。

「医学書が読みたいな……。医官から融通してもらえないかしら?」

「ありますよ、医学書」

いきなりうしろから声をかけられて、ソフィアは「きゃっ!」と跳び上がった。

「あ、失礼しました。驚かせるつもりはなかったのですが」

気まずそうに謝ってきたのは、役人のような格好の青年だ。目を丸くするソフィアに、彼は「司書を務めている者です」と頭を下げた。

「ああ、司書さん……でもこれまで一度も見かけたことがないですよね?」

「ええ。こちらの本棚は客室棟に滞在されるお客様向けで、流行《はや》りの本が入ったとき以外はさほど動かさないので……。普段は奥の図書室に詰めているんです。図書室と一口に言っても、この王城だけで四カ所ありますから」

「よ、四カ所も」

「はい。で、僕はちょうど倉庫の入れ替えにきたところです。そこの奥に扉があるでしょう？　あそこは本の一時保管室になっていて、中には確か医学書も置かれていたはずです」

「まぁ、本当に？」

ソフィアが目を輝かせたのを見て、司書の青年は「行ってみます？」と懐から鍵を取り出して見せた。

「わたしのような者が入ってもかまわないの？」

「あなたは初日の舞踏会のとき、倒れた令嬢に適切な処置をされたと聞いています。そうできるほどきちんと勉強されてきた方なら、本の扱いも心得ているでしょうから」

青年は鍵の束から一本を引き出し、慣れた手つきで鍵を開ける。

ぎぃ、ときしみながら開いた扉の向こうは真っ暗だ。青年が先に入り、中のランプに明かりをつけた。

「わぁ、本当に本の山ね」

中の様子をのぞいて、ソフィアは感心する。青年は「ちょっとほこりっぽいですけど」と言いつつ、ソフィアを中に誘った。

「このあたりが医学や医術の棚になります。お気に召したものがあれば、図書室内でなら閲覧していってていいですから」

「本当に？　ありがたいわ。どんなのがあるのかしら」

ソフィアはわくわくしながら中に入る。

さっそく書棚に並ぶ背表紙を見やったが……どうしたことか、そこにあるのは歴史書ばかりだ。医術の本はひとつもない。

棚を間違えているのではないかと聞こうとした瞬間、青年がバタンと扉を閉めるのが見えた。

部屋に入るとき扉を大きく開け放っていたソフィアは、彼の常識外の行動に思わず息を呑む。

「なにをしているの？　若い男女が密室にふたりでいるなんて、ふしだらだと疑われるわ。扉は開けておいてちょうだい」

「残念ながらそれはできません」

青年は動じることなく、それどころか、扉に鍵までかけてしまった。

「ちょっと……！」

ソフィアはあわてて扉に駆け寄る。だが青年を押しのけようとしたところで、顔にシュッとなにかが吹きかけられた。

（香水？）

甘ったるい香に思わず目をつむるが、二度、三度と吹きかけられて、ソフィアは思わず咳《せ》き込《こ》んでしまった。

「な、にを……っ」

口元をハンカチーフで押さえていた青年は、香りが散るのを待ってから、香水をしまってソフィアの脇に手を入れる。

咳《せき》が治まったソフィアはその手を振り払おうとするが、どうしたことか、腕がうまく上がらない。それどころか身体中が鉛のように重くなって、指先ひとつ動かすことも困難だった。

「どうし、て……」

「ご安心を。身体に残るようなものではありません。吸い込んで少しのあいだだけ、身体から力が抜けて、酩酊《めいてい》したような状態になるだけですから」

(酩酊状態って……)

確かに、なんだか頭がふわふわする。身体も熱くなってきて、ソフィアは気づけばはぁはぁと速い呼吸を繰り返していた。

「いったい、なんの、つもり……っ」

「こうするつもりです」

青年はソフィアの身体を隅の長椅子に放り投げると、ためらいなくドレスの襟に手をかけてきた。びりっと生地が破ける音が響く。

身をよじって逃げようとするソフィアの肩を、あろうことか足裏で踏みつけ、彼は懐から小さなナイフを取り出した。

「逃げないでくださいね。あなたも怪我はしたくないでしょう」

そう言って、刃先でコルセットの紐をぶちぶちと切っていく。

ソフィアをここに案内したときには物静かで気弱そうな雰囲気だったのに、ためらいなく刃を使う今の青年は、ぞっとするほど無表情で、なにを考えているかわからなかった。

だがこんな密室で、服を脱がせて行う行為など限られている。

隙を見て逃げ出したいが、鍵は相手が持っている上、刃物まで向けられているのだ。さしものソフィアも恐ろしさのあまり小刻みに震えていた。

「ご安心を。ある程度服を乱して、ちょっと気持ちよくなってもらうだけです。頃合いを見て僕の仲間がここにきて、僕らが戯れているのを目撃し、大騒ぎで周囲に報せる。そうすればあなたは王太子妃候補を辞退せずにはいられないでしょう？」

淡々と説明され、ソフィアはより恐ろしくなる。

だが身体はどんどん熱くなって、なぜか足のあいだがむずむずと疼いてきた。あの香水に媚薬《びやく》的な成分でも混ざっていたのだろうか？

だとしても、みすみすさわらせてやるつもりはない。それに彼がどうしてこんなことをするかもわからない。ソフィアは喘ぎながらも必死に言葉を紡いだ。

「そ、そんな事態になったら……王太子妃どころか、どこにも嫁げなくなるわよ。それともあなたが責任を取って……わたしと結婚するとでも言い出すのかしら……？」

「まさか。こんな事態になったのは、あなたが誘ったからだと証言するつもりですよ。損をするのはあなただけだ」

「やめて……！」

青年の手が無遠慮にコルセットを引き下げてきたので、ソフィアは必死に身をよじる。

「おとなしくしてくださいと言ったはずです。あくまであなたに誘われたことにするから、あんまり痣《あざ》だらけにさせるのはこっちも本意ではないんですよ」

青年は丁寧な口を利きながらも、ソフィアの身体を仰向《あおむ》きにさせて、シュミーズ越しに胸をつかんできた。

「いやぁあああ……！」

男の手が無遠慮に胸のふくらみにふれてくる。シュミーズ越しとは言え耐えがたくて、ソフィアは悲鳴を上げた。

「別に声を出してもいいですが、僕の仲間が駆けつけるのが早まるだけですよ」

青年は淡々と告げてくる。

ソフィアは本気で泣きたくなった。この男にふれられるのはいやだが、この場面を目撃されるのももちろんいやだ。いったいどうしたら……！

迷っているあいだに、男の手がシュミーズを破ろうとしてくる。

あまりの恐怖と屈辱に、もう考える余裕もなくなって、ソフィアは無我夢中で叫んでいた。

「フレディさま……！　フレディ様！　助けて！　フレディ様ぁあああーッ!!」

「なに？」

青年がぎょっと目を見開く。明確に王弟の名前を呼んだことに驚いたのか、とっさに指を引っ込めた。

そのときだ。扉の向こうから、がんっ！　と大きな物音が聞こえてくる。

「そこでなにをしている⁉　悲鳴が聞こえてきたぞ⁉」

扉越しにも厳しい怒鳴り声が聞こえてきた。

ソフィアは大きく息を呑む。その声はまぎれもなく彼が愛する男の声だ。

青年がうろたえるのと反対に、ソフィアはあらん限りの力で扉に向けて叫んだ。

「フレディ様、助けて！　書庫の中にいるの！　助けて……！」

「この女！」

青年があわててソフィアの口をふさぎ、ナイフを眼前に突きつけてくる。

殺される――！　ソフィアはぎゅっと全身をこわばらせた。

だが刃が振るわれることはなかった。それより先に、ばきぃっ！　という不穏な音が響き、ゆがんだ書庫の扉がこちら側へ倒れてくる。

どぉんっと音を立て、床に溜まったほこりを巻き上げ倒れた扉の向こうには、フレディが目を見張って立っていた。

「ソフィア！」

フレディは即座に部屋に駆けこみ、ナイフを持つ青年に肩から体当たりする。

もんどり打って倒れた青年は、意外にも思いがけない速さで体勢を立て直した。

だがフレディのほうが一歩早かった。彼は青年の手からナイフを蹴り飛ばすと、その顎に強烈なこぶしを食らわせる。文字通り吹っ飛ばされた青年は書棚に激突し、目を回して床に倒れ伏してしまった。

「ひ、ひぃいいい！」

これに悲鳴を上げたのは、壊れた扉のそばで立ちすくんでいた別の青年だ。あわてて逃げ出そうとする彼に、フレディは手元の本を投げつけた。

分厚い背表紙の本は青年の後頭部を直撃し、彼もまた床の上を転がって伸びてしまった。

「フ、フレディさま……」

「ソフィア！」

フレディはすぐにソフィアに駆け寄り、その身体をぎゅっと抱きしめた。

「大丈夫か⁉　……いや、大丈夫じゃないな。待っていろ」

フレディはソフィアのドレスをぐいっと引き上げ、露出していた肌を隠すと、自分の上着を脱いで彼女の上半身をすっぽり包み込んだ
「な、なにがあったのですか……？」

騒ぎを聞きつけてか、図書室に寄ってきたとおぼしき役人や従僕が顔を出す。

フレディはソフィアの姿が見えないよう背にかばいながら「衛兵を呼べ」と指示した。

「王太子妃候補に乱暴を働こうとした不届き者どもだ。拘束し、いったん牢《ろう》にぶち込んでおけ。あとでわたしが尋問する」

尋問どころか拷問してやると言わんばかりのフレディの気迫に、役人たちは真っ青になって震え上がっていた。

「は、はい、今すぐに……！」

「そこを通してくれ。彼女を部屋に送っていく。——集まるな。見世物ではない！」

フレディの一喝に、なんだなんだと集まってきた野次馬たちはあわてて道を空けた。

フレディは上着でソフィアの頭も覆って、誰の目にもふれないように、彼女をアイリスの間へ運んでいく。

部屋で待機していたリルは、フレディに抱えられて帰ってきたソフィアを見て仰天したが、彼の指示ですぐに風呂を用意してくれた。

リルが忙しく走り回っているあいだ、ひとまず居間の長椅子に落ち着いたソフィアは、緊張の糸が緩んだこともあり、ぼろぼろと涙をこぼしてしまう。

「こ……こわかっ……」

「ソフィア……」

「怖かった……！」

恐怖と安堵が一度に押し寄せ、耐えきれなくなったソフィアは、子供のように声を上げて泣き出してしまった。

「すまない。すまない。もっと早く気づけばよかったんだが……本当にすまない」

ソフィアは泣きながら何度も首を振り、フレディのせいではないと伝えたが、フレディは変わらず痛ましい表情を浮かべていた。

「王弟殿下、ソフィア様、お風呂の用意が調いました」

「わたしが一緒に入る。彼女が怪我をしていないか確認したい」

フレディはきっぱり言って、ソフィアを横向きに抱えて浴室に向かう。

普段なら「一緒にお風呂なんて！」と赤面していただろうが、今はソフィアもフレディから離れたくない。

未だ手足がうまく動かせないこともあり、されるまま服を脱がされ、湯を張った浴槽に入れられた。

フレディも衣服をすべて脱いで、ソフィアを胸に抱えるようにして一緒に湯に浸かる。

「肩のところが少し痣になっているな……。ほかに怪我はないようだが、あの野郎どもは絶対に許さん」

殺意がにじむフレディの声音に、ソフィアはまだしゃくり上げながらも、そろそろとフレディの顔を見やった。

「あの……ど、どうして、わたしがあそこにいるって……」

「オスカーとの茶会が早く終わったと聞いて、わたしも仕事が一段落したから、ちょっと顔を見ようと白百合の部屋に行ったんだ。そしたら侍女から、あなたは図書室だと聞かされて――」

それならばとフレディも図書室に足を運んだらしい。

それなのにソフィアの姿はなく、代わりに、普段から誰も寄りつかない書庫の扉に、ぴたりと耳をつけて物音を探っている青年を見つけたから、不審に思ったらしい。

「中に誰かいるのかと聞いたら、目に見えてうろたえたんだ。おまけに悲鳴が聞こえてきて……まさかと思って扉を壊して入ってみれば、だ。あんなことになっているなんて……本当にすまない。もっと早く駆けつけていれば……！」

悔恨のにじむ声音で頭を下げるフレディに、ソフィアは必死に首を横に振ろうとした。

「わ、わたしも、迂闊《うかつ》だったの。中に医学書があると言われて、つい入ってしまって……

ごめんなさい、迷惑を……」

ソフィアの謝罪の言葉は、フレディからの口づけでさえぎられた。

「たとえそうだったとしても、悪いのはあなたを襲おうとしていた奴らであって、あなたではない。だから謝らないでくれ。自分を責めないでくれ。あなたは充分苦しんだ。それ以上、自分をいじめることはない」

「フレディ様……」

「……偉そうに言っているが、これはあなたの別館にいた、老医師に教わったことなんだ」

「え、お医者様に？」

目を丸くするソフィアに、フレディは苦笑しながらうなずいた。

「起きてしまった事象に対し、過剰に反省したり自責の念を抱いたりするのは、自分の心を殺す行為につながるとな。それが不眠の原因にもなっていると」

「フレディ様……」

「今回のことはあなたにとって、そうとうショックな出来事だったと思う。それだけでも心が潰されそうなのに、さらに自分を責めるようなことをしては駄目だ。……あの男たちの処分はわたしが請け負う。だからあなたは、今は自分をいたわることに目を向けなさい」

ソフィアはぐすっと鼻を啜《すす》ってから、ゆっくりうなずいた。

だが、ほっと安心したせいか、はたまたお湯のおかげで、恐怖で凝り固まっていた身体がほぐされたせいか……あのうずうずとした感覚が、下腹部の奥から湧きあがってくる。

思わずもぞりと身じろぎしたソフィアを見て、フレディは「どうした？」と気遣わしげに声をかけてきた。

「……あの、男に襲われたとき……変な香水をかけられたの。酩酊感を得られるもの、と言っていて……おかげで手足がうまく動かせなくて……」

「なんだと。それを早く言え！」

フレディは血相を変えて立ち上がろうとする。おそらく医者を呼ぼうと思ったのだろう。

ソフィアはそれを必死に引き留めた。

「身体には残らないものだって言っていたわ。一時的なものだって……」

「それを信じられるわけが……」

「でも、今、身体が疼いてしかたがないの……！　お、お医者様に、こんないやらしい状態を診てもらいたくないわ」

真っ赤になりながら訴えるソフィアに、フレディは逡巡《しゅんじゅん》を見せる。

ソフィアは必死に右腕を上げようとした。かなり重たい感じがするが、なんとか動く。

彼女は息を切らしながらも、フレディの手を取り、自分の胸にその手を導いた。

「ソフィア……っ」

「さわられたの、ここ」

目元を赤らめ、あわてふためいたフレディだが、ソフィアのその一言にぴしっと動きを止める。

「いやだった。あなた以外にさわられたくなんかなかった。だから……お願い、上書きして」

「ソフィア――」

「あ、あんなやつの感触なんて残させないで。怖かったの。あなた以外のひとにさわられたら……っ、き、汚いと思われるかもしれないって――」

「ソフィア！」

フレディがはっとした面持ちでソフィアをきつく抱きしめてくる。

「そんなことを思うわけがない！　なにがあろうとあなたは美しい。わたしの愛する唯一のひとだ」

「それなら、おねがい……。つらいの、熱くて……」

涙声で訴えるソフィアに、フレディもうなにも言わなかった。ただ彼女の身体を抱きしめ、くちびるを求めてくる。

激しく口づけながら、ソフィアの身体を自分と向かい合わせにしたフレディは、そっと彼女の乳房に指を這わせた。

「んんっ……！」

身体中が熱くなっているせいか、乳首にわずかにふれられただけで肩がぴくっと跳ねてしまう。

フレディはソフィアの首筋や肩口にくちびるを這わせながら、ゆったりとした手つきで乳房をなでた。硬い手のひらに乳首が転がされるのが心地よく、ソフィアの身体も徐々に恐怖が抜けてほぐれていく。

同時に強い疼きが這《は》い上《あ》がって、ソフィアはつい腰をよじって「し、下も、さわって……」と求めてしまっていた。

フレディはもったいぶらずに、乳房を愛《め》でていた手を秘所へ滑らせる。湯ではない粘性の蜜が蜜口からあふれていることを確認してから、彼は太い指をゆっくり蜜壺に埋めていった。

その指がわずかに動くだけで、感じやすくなっているソフィアは甘いため息をついてしまう。

「あ、あ……っ、そこ……」

花芯の裏の、ざらついているところをこすられて、ソフィアはびくびくと腰を震わせる。

「膝を立てられるか？　胸も可愛がりたい」

フレディの求めに、ソフィアは喘ぎながらも応えようとする。彼の肩に両手を置き、その両足をまたぐように膝立ちになった。

「あぁあう……！」

直後、フレディが目の前にやってきたソフィアの胸に顔を埋める。乳首を吸い上げ、舐め転がし、じっくりと愛撫してきた。

同時に蜜壺のいいところをとんとんと軽く叩くように刺激されて、ソフィアはあっという間に達してしまう。

「あ、あぁっ、くる……！　んあ、ああぁンン――っ！」

うねる蜜襞がフレディの指をぎゅっと締めつけ、絡みつく。

フレディはかすかに眉根を寄せて、再び指を動かしはじめた。

「あ、あぁ、まって……っ、あぁ、あ、あああ……！」

ぐちゅぐちゅと容赦なく指を抜き差しさせて、フレディはソフィアの快感を高めていく。

蜜かお湯かわからない熱さが蜜壺をいっそう刺激してきて、ソフィアはたまらずフレディの肩をぎゅっと掴んだ。そうしないと膝ががくがくして、今にも崩れてしまいそうだ。

「ま、またいっちゃう……っ、んぅ……っ、はっ、あぁ、はぁっ……！」

あまりの気持ちよさと、また達してしまうという恥ずかしさに、ソフィアはゆるゆると頭を振って身悶える。

そのたびに濡れた黒髪が白い肌になまめかしく張りついた。それを見たフレディの喉がごくりと上下する。

「腰が揺らいでいる……。よほどいいみたいだな」

「言わ、ないでぇ……！　あぁあああ――ッ……！」

フレディの言うとおり、愉悦に耐えきれず腰を揺らしていたソフィアは、直後強く乳首を吸い上げられて、再び達してしまう。

力なくもたれかかってくるソフィアをしっかり受け止め、指を引き抜いたフレディは、いきり立った自身の根元を摑み、ソフィアの蜜口に先端をあてがう。

真下からずぶりと貫かれて、ソフィアは「あぁあん！」とあられもない悲鳴を上げてしまった。

「ま、だ……いってるのにぃ……っ」

「すまない。だがわたしのほうも限界だった」

フレディは言うなり、ずんずんと腰を突き上げてくる。

「や、あぁああ……っ！」

力強い抽送に、ソフィアの細い身体が激しく上下する。お湯もばちゃばちゃと音を立てて跳ねて、浴槽から飛び出し、床をじっとりと濡らしていった。

「あ、あぁう、熱いぃ……！」

ずんっと突き入れられるたびお湯も入ってくるのか、いつもよりつながっている部分が熱く感じられる。

だがそれが心地いいのも確かで、ソフィアはフレディの頭を抱え込んで「あ、あ、あぁ……っ」と声を上げていた。

「あぁあん！」

ひときわ強くずんっと突き上げられて、ソフィアの身体がびくっとこわばる。膣壁の締め付けが強くなり、フレディが「ぐぅっ……」と低くうめいた。

なんとか吐精をこらえた彼は、張り詰めた肉棒をずるりと蜜壺から引き抜く。

そうしてはくはくとあえぐソフィアを立たせると、浴槽の縁に手を突かせて、背後から抱え込んだ。

「フ、フレディさ……、あぁあああん！」

今度は背後からずぶっと挿入されて、ソフィアは甲高い声を上げる。

ソフィアの腰をしっかり抱えて、フレディはそれまで以上に激しく腰を突き入れてきた。

「や、あぁ、あああ、あああっ……！」

ばちゅばちゅと肌がぶつかる音が浴室の天井に反響する。

フレディの肉棒が抜けるのと一緒にソフィアの奥からは蜜があふれて、お湯まみれの内腿をねっとりと伝っていった。

「あぁ、すごい締め付けだ……っ」

フレディも感に堪えない様子で、ソフィアの背に覆いかぶさる。片方の手で胸を揉みながら、もう片方の手をふたりがつながる下肢へと伸ばした。

「ひぃあぁぁあ……！」

彼の指先が、ふくらんだ花芯をいたずらに転がしてくる。ソフィアは感じるあまり目を見開いて、激しくあえいだ。

蜜壺の奥をぐちゅぐちゅと突かれるだけでも気持ちいいのに、そこまで一緒に刺激されたら……！

「も……おかしく、なっちゃ……っ、あぁ、ひあぁあう、あああぁっ……！」

いやらしい喘ぎ声がひっきりなしに漏れて、呑み込みきれない唾液まで顎を伝い落ちていく。

「おかしくなればいい……、こんなに締めて、濡れて……っ、ああ、ソフィア……！」

ソフィアのうなじに吸いつきながら、フレディがいっそう抽送を速めてくる。

両足ががくがく震えて、彼の腕が支えてくれなかったら、お湯に崩れ落ちているところだ。ソフィアは必死に浴槽の縁を摑んで、下肢から這い上がる快感に酔いしれる。

「はぁ、あぁ、フレディ……さまっ……！　あぁぁ、あううっ……！」

ぎゅうっと花芯をつねられて、ソフィアはたまらずびくびくっと全身を震わせ身体を反らせる。

膣道がぎゅうっと締まって、フレディも大きくうめいた。

彼はソフィアの腰を摑むと、それまで以上に激しく腰を打ちつけてくる。そして彼女の一番奥に欲望の飛沫《しぶき》を注ぎ込んだ。

「ひあぁああ……っ」

お湯以上に熱くねっとりした精が、下腹にじんわり広がっていく。

あまりに気持ちよくて声もなく震えていると、最後の一滴まで注ぎ込んだフレディがゆっくり腰を引いた。

肉棒がずるりと蜜壺から抜けて、その先端から白濁が糸を引いてゆっくり湯に溶けていく。

つながりが解けると身体の力もふっと抜けて、ソフィアはずるずると浴槽の中に座り込んだ。

そんな彼女を振り向かせて、フレディはそのくちびるを奪う。

激しく舌をからめられて、ソフィアの身体がびくびくっと小刻みに震えた。

ひとしきりくちびるを堪能したフレディは、ソフィアの身体を抱え上げて浴槽から上がる。脱衣所でざっと身体を拭くと、そのまま彼女を寝室まで運んでいった。

「ソフィア……」

湯上がりでほんのり色づいたソフィアの身体に、フレディは再び覆いかぶさる。

ソフィアもはぁはぁと喘ぎなら、フレディが求めるまま口づけに応じた。

足が大きく開かされて、今度は正面から肉棒を埋められる。

「あぁあああ……っ！」

欠けていた身体の一部が埋まったような多幸感に、ソフィアは手足をびくびくと震わせながら背をしならせる。

頭を枕に擦りつけて身悶えるソフィアに、フレディは狂おしく口づけてきて、激しい抽送を繰り返した。

まるでなにかに取《と》り憑《つ》かれたように、ふたりはその後もしばらく快感をむさぼり合っていた。


行為が終わってしばらくすると、薬の影響か、ひどくだるくなってしまって、結局ソフィアは医師の診察を受けるはめになった。

自分が無理をさせたせいだと沈んでいたフレディは、医師に「ゆっくり休めば自然とよくなりますので」と言われ、ほーっと安堵の息を漏らしていた。

「すまない……。あなたの苦痛を取りのぞくためだったのに、いつの間にかわたし自身が夢中になってしまって」

「いいえ、わたしが望んだことですから。それにほら、肩に貼る湿布も処方していただけましたし」

ねばねばする湿布が貼られた肩を撫でて、ソフィアは心配ないとほほ笑む。

一眠りしたおかげで薬の影響は消えていたが、代わりに踏みつけられた肩が痛くなってきたのだ。

動くたびに顔をしかめるソフィアを見て「あいつら、絶対に許さん」とフレディは低くつぶやいていた。

「それで、彼らは誰の指示で動いていたのですか？　……王太子妃候補をふるい落とすための選考員、ではないですよね」

「ああ。確かに候補を口説いていた選定員は存在する。だが、わざわざ薬を使って相手を手込めにするような輩《やから》はいないし、オスカーも当然そんなことは許可していない。とすると、あなたを王太子妃候補から外したい人間が、あの男たちに指示した可能性が高いんだが……思い当たる人間はいるか？」

ソフィアは「特には……」と言いかけ、すぐに「あ」と口を開いた。

数日前にロザリーに言われた言葉を思い出したのだ。

「ミュリエル……ヴィッツ公爵家のミュリエルは、わたしのことを恨んでいるかもしれないわ。ほら、合格者が張り出されたときに、少しトラブルになったから」

「ああ、あり得るな。その線で調べてみるか」

ソフィアが扇で打たれそうになったことを思い出したのだろう。フレディは鼻の頭に深い皺を刻んだ。

「ただ、ほかの候補者が犯人の可能性もある。今、順に事情を聞いている最中だ。だがこんなことが起こったからには――」

そのとき、寝室の扉がノックされて、リルが顔を出した。

「失礼いたします。ただいま王太子殿下がいらしております。お通ししてもよろしいでしょうか？」

「オスカーが？」

フレディが目を丸くする。ソフィアはあわてて寝台を出ようとするが、フレディがそのままでいいと押しとどめた。そして彼女の肩にすばやくガウンを羽織らせる。

用意が調ったところで、王太子オスカーが難しい顔で入ってきた。

「災難だったね、ソフィア。怪我をしたそうだが、大丈夫かい？」

「はい、おかげさまで……」

「これが災難で済むか！　ソフィアは死ぬほど恐ろしい思いをしたんだぞ」

殊勝に頭を下げるソフィアの横で、フレディがすかさず抗議する。

オスカーは、いつもの陽気さからは考えられないほど難しい顔をしてうなずいた。

「それに対しては、王太子妃選びの主催者として深くお詫《わ》びする。本当にすまなかったね、ソフィア」

深々と頭を下げられ、仰天したソフィアは「頭を上げてください！」とあわあわした。

一方のフレディは「その程度の謝罪で足りるか」とふんっと鼻を鳴らしていたが。

「まったく……そもその話、おまえがさっさと花嫁を選ばないからこんなことになったのだろう。わたしの意見も無視して、彼女を選定員に勝手に決めて。その結果がこれなんだぞ！」

「うん、責任を感じている。君にも、ソフィア嬢のご家族にも事情を明かして、しっかり謝罪するつもりだ。――そして、今後似たような被害を起こさないためにも、明日、王太子妃になる令嬢を発表することにした」

オスカーの静かな言葉には、フレディも思わず口をつぐんだ。

「決めたのか」

「うん、決めた。ついてはソフィア、発表の場には君も出てほしい。その場で君が選定員であったこと、そしてフレディの恋人であることを明かすつもりだ」

オスカーの真剣な表情を前に、ソフィアは自然と背筋を伸ばした。

「はい。必ず出席します」

「しかしソフィア、その場にはあなたを害そうとした犯人が混ざっているかもしれない」

「そうだとしても、今度はフレディ様が最初からついているから心配ないわ。守ってくださるでしょう？」

ソフィアの言葉に、フレディはうっと言葉に詰まる。

「それにわたしも、誰が王太子妃に選ばれるか知りたいもの」

「ありがとう、ソフィア。明日はフレディと一緒に僕の執務室においで。そこから三人で一緒に行こう。まさか相手も、王太子と王弟にエスコートされている令嬢を襲おうとは思わないだろうから」

話し終わったオスカーは、ゆっくり休んで、と一言残して部屋を出て行く。

ほっと息をついたソフィアは、心配そうなフレディにほほ笑んで見せた。

「大丈夫よ、そんなに心配しないで」

「あんなことがあって心配するなというほうが無理だ」

「ふふ、そうね。……じゃあ眠るまでそばにいて」

「もちろんだ」

ソフィアが横になるのを手伝って、フレディは寝台のかたわらに腰かける。ソフィアは思わずほほ笑んだ。

「アラカにいたときと逆ね。あのときは寝つけないあなたのそばにわたしがいたのに」

「本当だな。あのときはわたしが、あなたの優しさに救ってもらった。……今度はわたしがあなたを守るよ。ゆっくりお休み」

その言葉が胸に自然と染み入っていく。ソフィアは小さくうなずいて目を閉じた。

診察のときに飲んだ痛み止めの効果もあってか、少しもせずに眠気がやってくる。

フレディが髪をなでてくれるのを心地よく思いながら、ソフィアは深い眠りにゆっくり沈んでいった。

＊　＊　＊

翌日。朝食の席で王太子妃が決定したことが候補者全員に伝えられ、昼前に食堂に集合になった。

食堂には候補者のほか、衛兵や、宰相といった重鎮たちも控えている。

そしてなぜか、父親であるヴィッツ公爵に連れられて、ミュリエルもこの場に呼ばれていた。

最初こそ困惑気味だったミュリエルだが、王太子妃の発表があると聞いてからは喜色満面になっている。きっと今になって最終候補に組み込まれたのだと思ったのだろう。

その後、王太子オスカーと王弟フレディ……そして、彼らにはさまれるようにして、ソフィアが入場してくる。

不安そうに周囲を見回していたエマは、ソフィアを見つけるとほっと安堵の表情を浮かべかけるが、その両脇にオスカーたちがいるのに気づいて表情をこわばらせる。ほかの候補者たちも同じだった。

このように入ってきたからには、王太子妃はソフィアに決まったのだと、全員が思ったに違いない。

オスカーはあえてそのことにふれず「みんな、おはよう」と、いつもの王子然としたほほ笑みで挨拶した。

「この半月というもの、王太子妃選びのために王城に滞在してくれたことまずありがたく思う。厳正なる試験審査と、僕との一対一のお茶会――という名の面談を経て、無事に王太子妃が決定した。今日はその発表のために皆に集まってもらったんだ」

全員がもの言いたげにオスカーとソフィアを見比べる。

だがオスカーはすぐに候補者を発表せずに、全員をぐるりと意味深に見回した。

「さて、さっそく発表、と行きたいのだけれど……。昨日も事情聴取があったから、なにが起きたかはわかっているだろうね。こちらのソフィア嬢が、不届き者に暴行されそうになる事件が起きたんだ。我が叔父であるフレディが駆けつけたため事なきを得たが、実行犯のほかに、彼女を襲うように指示した主犯がいると僕たちは考えている」

穏やかではない王太子の発言に、候補者たちもほかの面々も、不安そうに目配せし合った。

「ヴィッツ公爵家のミュリエル嬢」

「は、はい、王太子殿下！」

びくっと肩をふるわせ返事をしたミュリエルは、オスカーにもフレディにも冷たい視線を向けられ、一瞬で青くなった。

「な、なにか……」

「昨夜、ソフィアを襲った実行犯たちが自白したのだ。あなたの命令でソフィア嬢を襲ったと。あなたはソフィアが自分の行状をとがめたことを根に持って、彼女を辱め、王太子妃候補からはずそうともくろんだね？」

オスカーの淡々とした言葉を前に、ミュリエルは蒼白《そうはく》になって首をぶんぶん振りたくった。

「な、なにを……！　違いますわ！　そんなことは考えておりませんっ！」

「だが王城を去る間際、ソフィア嬢に『覚えていなさい』と言ったのだろう？」

「あ、あれは……！」

ミュリエルは目に見えてうろたえ、その場をあとずさる。

唯一、隣に座っていた父親のヴィッツ公爵が、娘をかばうように立ち上がった。

「お、お待ちください！　娘がそのようなことをしたという証拠があるのですか？」

「実行犯が自白したと言っただろう？　彼らは確かに『ミュリエル嬢の命令で』と証言していた」

「そんな……！」

ミュリエルは真っ青になって泣き出した。

「違います、わたくしはそんな命令していない！　本当です！　わ、わたくし、王城を下がってからは王都を離れて、別荘で過ごしていましたわ！　家の者に聞けばわかります！」

「その通りでございます、王太子殿下！　娘は候補から外れてひどく気落ちしていたので、別荘で少しのんびりしてきてはどうかと、わたしが送り出したのです……！」

しかしオスカーは聞き入れず、衛兵に顎をしゃくって「二人を連れていけ」と命じた。

ミュリエルも公爵も涙ながらに「違います！」と叫び、食堂を出たあとも、ずっと無実を訴えていた。

「――なんとも聞き苦しい、見苦しい場面を披露してしまったね。だが、命令した犯人が捕まって、これでソフィアもほっとしただろう？」

オスカーがにっこりと振り返って声をかける。

だがソフィアは、候補者たちのほうをじっと見つめながら、「いいえ」と答えた。

「今の騒ぎのおかげで、本当は誰があの青年たちに指示を出したのか、わかりましたわ」

ソフィアの言葉を受け、フレディがゆっくり動き出す。

彼は困惑気味の候補者たちにつかつかと歩いて行き、そのうちのひとり——ロザリーの手首をすばやく押さえた。

「えっ、な、なぜ——」

「ロザリー・シュゼル侯爵令嬢。あなたが男たちにソフィアを襲わせた犯人だな？」

ロザリーは大きく息を呑みフレディを見つめる。集まった人々も、ほぼ全員が信じられないという表情でロザリーを見つめた。

「今、王太子殿下がミュリエルを犯人だと言ったとき、全員が驚く中、あなただけはほんの一瞬だが、口角を引き上げていた。引きずられていくヴィッツ公爵親子を見ながらいい気味だとほほ笑んでいたのを、わたしもソフィアもしっかり見たぞ」

ロザリーは目を見開いたまま、徐々に顔色をなくしていく。

妃候補の一人が、まさかという面持ちでくちびるを震わせた。

「だって、そんな……ロザリー様がどうしてソフィア様を襲うように言うの？　それに実行犯たちは、ミュリエル様の命令だったと自白したのでしょう？」

「その通り。つまりロザリー嬢は実行犯たちに『これはミュリエルからの命令だ。自分はそれを伝えにきた』と言ったのだよ。要はミュリエルを隠《かく》れ蓑《みの》にしたんだ」

妃候補の震える言葉に対し、オスカーがため息混じりに答えた。

「これまでもミュリエルは、取り巻きを介して、自分の信奉者にあれこれ指示を飛ばすことをよくやっていたようだね。ロザリーも当然、その役目を何度も負っていた。だからこそあの青年たちも、ミュリエルからの指示だと疑いもなく信じて実行したのだよ」

「そんな……」

候補者の令嬢たちが次々とうめきに似た声を漏らす。

「ロザリー様、あなた、最終選考に残ったことで、ミュリエル様と離れられて嬉しいと言っていたじゃない。それくらいミュリエル様のことで困っていらしたのに、どうしてミュリエル様と同じようなことをして、ソフィア様を害そうとなさったの……!?」

ロザリーの隣に座っていた令嬢がもどかしげに訴える。

ロザリーはくちびるを嚙みしめたまま答えず、代わりにフレディが口を開いた。

「おそらく、あなたの目的はソフィアをどうこうすることではなく、ミュリエルをおとしめることだったのだろうな。――これまでさんざんいいように扱われてきた腹いせに、ミュリエルに濡《ぬ》れ衣《ぎぬ》を着せて、二度と王城に上がれないようにしたかったのだろう?」

淡々としたフレディの言葉にロザリーがいっそう青くなる。

オスカーが軽く肩をすくめてため息をついた。

「権力者にあらがえず、言いなりになっていたことは気の毒だし、ミュリエル嬢にもそのあたりのことは聞かないといけないけどね。――でも、個人的な報復のために、罪もないほかの人間を襲わせようとするのは、あまりに卑怯なやり方だよ、ロザリー嬢」

王太子にばっさりと言われた瞬間、ロザリーはテーブルに突っ伏し、わっと泣き出してしまった。

「お、お許しください、王太子殿下！　つい魔が差して……！　取り巻きの中でわたしだけが最終試験に残ってしまったから、きっとあとあとミュリエル様にきつく当たられるだろうと思ったら、恐ろしくなってしまったのです！　だからわたし、わたし……！」

「――ソフィアはあなたが抱いている、その何倍もの恐怖を味わわされたんだ。それを踏まえれば同情の余地は欠片《かけら》もない」

今度はフレディが容赦なく言いきる。そしておいおい泣くロザリーを力尽くで立たせた。

「お許しください、王太子殿下！　どうぞお慈悲を！」

「無理だね。君はミュリエルを罠《わな》にはめると同時に、ソフィアのことも本当に排除しようとしていたはずだ。王太子妃に選ばれるためには、候補は一人でも少ないほうがいいと思ったのだろう？　そして君は、お茶会のときに、僕の手を自分から握ってくる程度には、したたかな子だからね」

苦笑混じりの王太子の言葉に、ロザリーが目を剝く。

彼女は一瞬だけ憎々しげに顔をゆがめたが、またすぐに「お許しください！」と涙ながらに訴えてきた。

「どんなに訴えたところで無駄だ。ロザリー・シュゼル、あなたが男たちを使い辱めようとしたソフィアは、このわたしの婚約者なのだぞ！」

往生際の悪いロザリーに業を煮やしたのか、フレディが鋭い声で叫ぶ。

その内容が内容だけに、ロザリーのみならず、居並ぶ候補者たちも、宰相をはじめとする重鎮たちも目を見開いて驚いていた。

「知らぬことであったとは言え、わたしの恋人に牙を剝いたからには、法が許そうとわたしがあなたを許しはしない。そのことを肝に銘じるがいい！」

唯一オスカーだけが「それ今言っちゃう？」とあきれていたが、フレディはかまわず、ロザリーを乱暴に衛兵に押しやった。

「どのみち、ここで発表する予定だったのだから、かまいやしないだろう」

「まぁ、そうなんだけどね」

鼻息荒く戻ってきた叔父に肩をすくめ、オスカーは令嬢たちに向き直った。

「こちらのソフィア・アダーソン嬢は、王太子妃選びが始まる前から、我が叔父フレディと結婚の約束をしていたんだ。そのため王太子妃の候補からは最初から外れている。それなのになぜ、あなたがた候補者とともに過ごさせたかと言うと、王太子妃を選ぶ選定員の一人として動いてもらっていたからなんだ」

令嬢たちは驚いた様子でソフィアを見る。刺さるような視線にちょっと気がとがめて、ソフィアは「これまで黙っていてごめんなさい」と頭を下げた。

「ソフィアが謝ることはないよ。僕が頼んだわけだし。――そう、選定員はソフィアだけじゃない。君たちについていた侍女も、出入りしていた使用人や衛兵、役人たちも、たまに君たちに声をかけてお茶に誘おうとしていた青年たちも、全員が選定員だ。彼らはそれぞれの立場から、王太子妃にふさわしいと思える令嬢を選んでいた」

最終候補は、正規の試験と、彼ら選定員の意見を聞いた上で選出されたことも、オスカーは朗々と語った。

「正直、ここに集まった候補者は、誰が王太子妃となってもおかしくないほど素晴らしい令嬢たちだ。だからわたしも、そのうち一人を選ぶのに手間取ってしまったが……ここまできたからには、自分の素直な気持ちに従って選ぶべきだと、心を決めたんだ」

オスカーはそう口にすると、みずから歩を進めて――エマの前で立ち止まった。

「お、王太子殿下……」

「オスカーと呼んでくれないか？　幼い頃に一緒に遊んだときのように」

とまどうエマの手を取り、指先に口づけながら、オスカーはじっと彼女に熱の籠もった視線を注ぐ。

「幼なじみだったときの記憶があるから、君は僕のことを兄のように思っているんじゃな

いかと思っていたけど……もしそうなら、そもそも王太子妃選びに参加しないだろうと言われて、はっとしたんだ」

そこを失念していた自分を自嘲するようにほほ笑んだオスカーは、真剣な面持ちでエマを見つめた。

「参加して、ここまで残ったということは……君も僕に少なからず、気持ちがあるということだよね？」

エマは呆然と目を見開いたままオスカーの言葉を聞いていたが、やがて頬をぽっとバラ色に染め……大きな瞳から、ほろほろと涙をこぼした。

「は、はい……。おっしゃる通りです。わたし、殿下の、おそばに上がりたくて……っ。こ、この機会を逃したら、一生後悔する気がして、できるだけやってみようと……！」

「引っ込み思案で、いつも家族のうしろに隠れていたような君が、そこまでがんばってくれたんだ。わたしも男として誠意を見せたい」

オスカーは優雅にその場に膝を突き、エマの手を両手でしっかり握った。

「エマ・フィスティアーナ嬢。どうかこのわたし、オスカー・レクヴィオーザと結婚してください」

「……っ、はい、はい……！　お受けいたします……っ」

エマは嬉《うれ》し涙で顔をくしゃくしゃにしながら、何度もうなずいてイエスと答える。

王太子の熱烈な求婚を前に、ほかの令嬢たちも興奮気味に頬を染め、次いで大きな拍手を送った。

「エマさんならきっと素敵な王太子妃になられるわ。とてもお優しくて可愛らしい方だもの」

「おめでとう、エマさん。王太子様のことをお慕いしていたのね？　恋が叶う場面に立ち会えて嬉しいわ」

多少残念な気持ちはあるだろうに、候補者の令嬢たちは、エマの恋が叶ったことをとても喜んでいた。

エマは何度もうなずきながら、とうとう感極まってわっと声を上げて大泣きしてしまう。

そんな彼女を、立ち上がったオスカーが愛おしげに抱きしめていた。

「なんとか大団円だな。――ソフィア、大丈夫か？」

周囲に合わせて手を叩きながらも、フレディは心配そうにソフィアの顔色をうかがう。

彼としては甥の恋の成就より、自分の恋人のほうが気がかりらしい。

ソフィアも拍手しながら、にっこりとうなずいた。

「フレディ様が一緒なら、わたしはどこでも大丈夫です。それに、きちんと犯人を突き止められてよかった……。ミュリエルにあれこれ言いつけられてきたあげく、自分も同じところに落ちてしまったロザリーは、気の毒だと思うけれど……」

「あんなのは当人の自業自得だ。あなたが気に病むことではない」

フレディは迷いなく言いきる。実際にその通りなので、ソフィアもこくりとうなずいた。

「どのみち、きてよかったわ。エマのあんな幸せそうな顔が見られたんだもの」

オスカーに抱きしめられたエマは、ひどく恥じらいながらも嬉しそうに口元をほころばせている。ほかの令嬢や重鎮たちからの祝福にも、嬉しそうにうなずいていた。

「それもよかったが……一人くらい、こっちに祝福の言葉をかけてくれてもいいのにな」

結婚を発表したのは向こうだけではないのだが……と、フレディはちょっと複雑そうだ。

「ふふっ、いいじゃないですか。わたしはこれくらいのほうが気楽です」

「……まぁ、確かにな。隙を突いて、こんなこともできる」

全員の視線がオスカーとエマに注がれているのをいいことに、フレディはソフィアの肩を抱いて、そのくちびるにすばやく口づけた。

「人前ですよ、フレディ様」

「どうせ誰も見ていやしない」

フレディはそう言って再び口づけてきた。

ソフィアも緊張から解き放たれたこともあり、つい「そうね」と言って流されてしまったが……オスカーだけはその場面をバッチリ見ていたらしく、あとあとしっかりからかわれてしまった。

いろいろあったが、王太子妃はフィスティアーナ公爵家のエマに決定し、同時に王弟フレディとアダーソン伯爵家のソフィアの結婚も発表された。

――こうして、約半月に及んだ王太子妃選びは、無事に幕を下ろしたのである。

＊　＊　＊

王太子妃が確定したらすみやかに結婚式を行う。

これは王太子妃候補を集める前から決められていたことで、そのための準備は選定中も粛々と進められていた。

そのため、オスカーとエマの結婚式は、すでに一ヶ月後に迫っていた。

変更になったことがあるとすれば、王弟フレディとソフィアの結婚式も、同日に合同で行うことになったという点である。

「一緒にしたほうが安上がりでいいだろう。王太子はとにかく、王弟の結婚式にそうそう金をかけるものではない」

とある昼下がり。

王族専用のサロンで、フレディが紅茶片手に素っ気なく言い放つ。

それに対し、向かいに座ったオスカーが実に微妙な笑みを浮かべていた。

「お金の問題じゃないだろう……だって一生に一度の結婚式なんだよ？　ソフィア嬢、本当にそれでいいの？　後悔しない？」

フレディの隣に腰かけたソフィアに、オスカーは真面目な顔で確認してくる。

しかし、ソフィアは笑顔でうなずいた。

「ええ。フレディ様に結婚式にともなう予算を聞いて、卒倒しそうになりましたもの。そのようなお金があるなら、戦後の復興とか、負傷者のお手当とか、医療従事者への報償に回していただければと思います」

「……しっかりしているひとだね、君は。――医療従事者と言えば。ソフィアはしばらく王宮医官のところで働くつもりなんだって？」

ソフィアはこれにも笑顔でうなずいた。

「フレディ様もしばらく王城住まいになるというので、ならばわたしも、時間があるときは勉強をしたいと思いまして」

「はぁ、熱心だなぁ、君は……王弟の奥さんなんだから、自由気ままに過ごしていたって罰は当たらないのに」

「でも、ソフィアがお城に残ってくれて、わたしはすごく嬉しいです」

やれやれと天を仰ぐオスカーの隣で、エマが本当に嬉しそうに頬をバラ色に染めていた。

「式も同日になったおかげで、ウエディングドレスを一緒に作れて楽しいですし」

「エマのセンスはとても素敵だから、流行に疎いわたしがこれ幸いと全部お任せしている感じだけど」

にこにことほほ笑み合う令嬢二人を見て、オスカーも「そういうことなら」と苦笑しつつうなずいた。

「とはいえ、戦争が終わったことへの区切りも込めて、盛大な結婚式にするから、そのつもりで。それと、披露宴は無理だけど、式には父上も出席したいと仰せだった」

「国王陛下が、ですか」

王太子妃の選定のあいだも、国王の姿はまったく見ることがなかった。

悪性の腫瘍が腹部に巣くっているため、ひどい痛みで起き上がることができないらしい。

病状をこっそりオスカーから教えられていたソフィアは、もう国王が長くないことを察していた。

事実、医師たちも病気を治すのではなく、痛みを少なくする治療に切り替えているそうだ。

それでも結婚式には出席すると言うのだから、愛する息子と異母弟の晴れ姿を、その目に焼きつけたいのだろう。

「その日までに、お元気になられればよいのですけど……」

国王が伏せっていることしか知らないエマは、心配そうにつぶやく。オスカーはそんな彼女の肩を優しくなでた。

「君と結婚することになったと報せたら、しばらくぶりに笑顔になって喜んでいたから、きっと這ってでも出席してくれるさ。……同日にフレディも結婚すると言ったら、さすがに驚いていたけどね。でも、フレディに対しても『幸せに』と、陛下は言っていたよ」

フレディは意外そうに目を瞠ったが、やがて「そうか」とうなずいた。

「なんだか淡泊な反応だねぇ」

「わたしの立場では祝福してもらえただけでも御の字だ。本当に、当日の陛下の病状が安定していればいいが」

「そうなるように祈るほかないな」

「そうですね」

ソフィアもしっかりうなずく。

ちらりとフレディの顔をうかがうと、その口元はほんの少しだがほころんでいた。

異母兄である国王とフレディの関係は、きっとソフィアが想像する以上に複雑なのであろう。

それでも、フレディ自身が少しでも嬉しいと思っているなら、ソフィアにとっても嬉しいことだと思わずにはいられなかった。

果たして、それから二ヶ月後に行われた結婚式当日――。

国王陛下の病状も安定し、無事に参列されたところで、結婚式は厳かに行われた。

結婚するカップルが二組ということもあってか、信じられないほどの参列者が大聖堂を埋め尽くす。入りきらない客人は外に並び、さらに周辺にも民衆が大勢押し寄せていた。

大司教がオスカーとエマに祝福を送り、次にフレディとソフィアに送る。結婚誓書にそれぞれ署名し、指輪を交換すれば、式自体は終了だ。

その後、オスカーとエマの王太子夫妻は、花で飾られた無蓋馬車に乗り込み、王都をぐるりとパレードすることになっている。

フレディとソフィアはパレードには加わらず、そのまま王城に帰還した。

祝宴までのあいだ、客間のひとつに入って休憩する予定だったが、そこにはフレディが用意したとっておきのサプライズが待っていた。

「まぁ、お父様！　お兄様やお姉様たちも！」

客間に入るなり、ソフィアは親族が勢揃《せいぞろ》いしているのを見つけて、大きく目を見開いた。

ソフィアの姿に気づいて、思い思いに談笑していた家族たちもわらわら集まってくる。

「久しぶりだなぁ、ソフィア！　祝宴までのあいだ家族で過ごせるように、王弟殿下が取り計らってくださったんだ」

目を丸くするソフィアに、そう説明したのは兄である。

彼はウエディングドレス姿のソフィアを改めて見つめて「まさか王太子じゃなく王弟を射止めてくるとはなぁ……」とつぶやいていた。

「まったく！　まさかおまえが結婚を約束した相手が、王弟殿下だったとは……！　陸軍中将と聞いたときに、なぜ王弟殿下の顔が思い浮かばなかったのか。そうすればわたしだって、おまえを王太子妃の選考会になど行かせんかったわっ」

顔を真っ赤にして息巻くのは、父アダーソン伯爵だ。

当時は『その男に騙されているんだ』とかなんとか言っていたくせに……とソフィアは思わず目を据わらせたが、父の主張ももっともなので、殊勝に「ごめんなさい」と謝っておいた。

「でもあのときは、わたしもフレディ様が王弟殿下だと知らなかったのよ」

「だろうな。まぁ……おまえが今幸せでいるなら、それでいい。──きれいだぞ、ソフィア。死んだ母さんには負けるがな」

鼻の頭を赤くしてふんっとそっぽを向く父の姿に、ソフィアは嬉しさと感動と、少しのさみしさを感じて、なんだか泣きたくなってしまった。

花嫁の感傷に気づいて、はじけるような笑顔で声をかけてきたのは、ふたりの姉たちだ。

「ほらほら！　このあと祝宴もあるのだから、泣かない、泣かない！」

「あら、そう言うお姉様は嫁ぐときにはボロ泣きだったじゃないの」

「あなただって前日になかなか寝つけなくて、当日は目の下に隈を作っていたくせに」

姉たちの気安いやりとりに、ソフィアは思わず笑ってしまった。

「ありがとう、お姉様たち。お義姉様も、きてくださってありがとう」

「そりゃあもちろんくるわよ！　あなたが幸せになって本当によかったわ」

王都入りしたあと、ずっと世話してくれた義姉は、感極まった様子で目元をぬぐっていた。その足下には兄夫婦の子供たちもいて「ソフィアおねえちゃん、きれい～」と目を輝かせている。

そうしてひとしきり再会を喜び合った頃、フレディが部屋に入ってきた。

「これは王弟殿下」

父をはじめ全員が頭を下げる中で、フレディは「顔を上げてください」と丁寧に言った。

「皆様はわたしの愛する妻の親族です。当然、わたしにとっても愛すべき人々であることに変わりはない。公の場ならまだしも、こういった場でかしこまる必要はありません。なによりーー」

フレディはアダーソン伯爵の前に立つと、腰を折り深々と頭を下げた。

「な！　王弟殿下、なにを……」

「父親であるあなたの許しを得ずに、ソフィア嬢を妻にと望んだことを深くお詫びしたい。本来ならアラカに滞在中に挨拶に向かうべきだったのだが、その後も忙しさがあり、領地に出向くこともできず……書面のみの挨拶となり、大変失礼した。本当に申し訳ない」

父伯爵はおろおろしていたが、ここは娘の父親としてしっかり対処すべきだろうと腹をくくったのだろう。居心地悪そうにしながらも「う、うむ……」とうなずいていた。

「……そのことに関しては、その、いろいろ言いたいことはあります。ですが……ソフィアのことです、きっとみずから考えて、あなたの手を取ることを選んだのでしょう。この子は昔から、こうと決めたことは譲らない頑固者でして」

「お父様ったら」

ソフィアは思わず抗議するが、姉たちも兄も「本当にそうよね」「ソフィアって基本的にひとの言うこと聞かないからな」と追撃してくる。彼女は思わずむくれた。

そのあいだにも、フレディに向けた父の言葉は続く。

「あなたがこうして誠実に対応してくださる方だとわかった以上、もうあれこれ蒸し返すことはいたしません。どうか娘を幸せにしてやってください。幼い頃に母親を亡くし、その後は看護師としてひたすら勉強してきた変わり者ですが、それでもよろしければ」

フレディは至極真面目にうなずいた。

「わたしはお嬢さんの看護と献身のおかげで、無事に心の健康を取り戻すことができました。彼女はわたしの恩人であり、最愛の恋人であり、唯一の妻です。必ず、大切にいたします」

静かながら熱が込められたフレディの言葉に、父は気圧されたように息を呑んだ。

兄は「おお……っ」と目を瞠り、姉たちは「きゃあっ」と色めき立つ。

ソフィアは恥ずかしさと嬉しさに、頬を真っ赤に染めてしまった。

「王弟殿下、奥様、そろそろ祝宴に向けてお支度をお願いいたします」

そのとき、正式にソフィアつきの侍女となったリルが呼びにくる。

ソフィアは「わかったわ」とうなずき、家族一人一人と抱擁を交わした。

「幸せになってね、ソフィア」

「あなたはわたしたちの自慢の妹よ」

「ないとは思うけど、万が一つらいことがあったら、うちにいらっしゃいな」

「ありがとう、お姉様たち」

ほほ笑み合う女性陣の横で、兄は「実際にソフィアがうちにきたら、王弟殿下が怒り狂って迎えにきそうだ……」と苦笑し、父も同意とばかりにうなずいていた。

「では、お父様、お兄様、お姉様方、行ってきます」

「また祝宴のときにね！」

ソフィアは笑顔で家族に手を振り、フレディと腕を組んで客間をあとにした。

その後は祝宴、晩餐《ばんさん》、舞踏会と関連行事がめまぐるしく続いた。

ソフィアとフレディのところにも多くの人間が挨拶にきたが、オスカーとエマに比べれば気楽なものだ。ふたりはそれこそ終始大勢に取り囲まれており、遠目からもエマが緊張のあまり蒼白になっているのが見て取れた。

その都度、オスカーが気を利かせてエマに飲み物を差し出したり、自分が挨拶を一手に引き受けたりと、気を遣っているのがわかる。

エマも少し休んだら会話にがんばって入っていくので、きっとふたりは助け合えるいい夫婦になるはずだわ、とソフィアは自然とほほ笑んでいた。

「ソフィア様、そろそろ無礼講のお時間ですわ」

「そう。では下がっても大丈夫かしらね」

呼びにきたリルにうなずき、ソフィアは周囲の人々に軽く会釈しながら、舞踏会の会場を離れた。

王太子の補佐官として多忙を極めるようになったため、フレディは王族が住まう南東の棟に部屋をたまわっていた。ソフィアの部屋もその隣になる。

白バラの部屋も白百合の部屋もとても立派だったが、王族の住まいはそれ以上に立派だった。居間と寝室に加え、応接間や衣装室もあり、浴室の広さも倍以上ある。おまけにリルだけでなく、三人もの部屋つきの侍女が用意されていた。

その侍女たちに入念に身体を洗ってもらい、初夜専用の薄い夜着に着替えさせられる。

それがあまりに薄い生地で、肌がほとんど透けていたため、ソフィアは思わず噴きだしてしまった。

「いくらなんでも、すごい仕様ね」

「ムード作りはまず形から、と言いますので」

リルもくすくす笑いながら、寝室のランプに火を入れる。

ほのかな明かりだけの寝室に入ると、リルも「おやすみなさいませ」と言って、奥へ下がっていった。

「こういう雰囲気の中に取り残されると、いかにも初夜という感じがするわね……」

寝台に腰かけながらソフィアは独りごちる。白い敷布が張られた寝台には、ご丁寧に赤いバラの花びらまで散らしてあった。

「ああ、足がパンパンだわ」

フレディがくるまでは時間があるだろうと思って、寝台に上がったソフィアは、くるぶしまでを隠す夜着の裾をまくり上げる。そしてふくらはぎをせっせとマッサージした。

片方が終わって、もう片方、と思ったところで、寝室の扉ががちゃりと開く。

「……、すごい格好だが、誘ってくれている……わけではなさそうだな？」

扉を開けたフレディは、寝っ転がったソフィアが高々と上げたふくらはぎを摑んでいる光景を目にして、なんとも言えない顔つきになった。

さすがに恥じらって足を下ろしたソフィアは、裾を直しながら「マッサージしていたの」と言い訳する。

フレディは「なるほど」とうなずいたが、たっぷり三拍ほど置いてから、ぶっと威勢よく噴きだした。

「あなたは、本当に……っ、どうしてそう、たまに面白いことをやってのけるのか……！」

「その手の言葉は聞き飽きました。どうせわたしは抜けていますよ」

肩を揺らしながら近づいてきたフレディに対し、ソフィアはくちびるを尖らせて、つんとそっぽを向いてやった。

「そうむくれないでくれ。ふくれっ面のあなたも可愛いけど」

「そんな言葉にもほだされません」

「悪かった。お礼に足のマッサージをしてあげよう」

フレディは言うが早いか膝を突いて、ソフィアの足を引き寄せる。そして慣れた手つきでマッサージを施した。

「うまいのね」

「訓練したあとに身体をほぐすのは軍人としての基礎中の基礎だ。身体は使いっぱなしではなく、定期的にいたわらないといけない。——なんてことは、看護師のあなたなら当然知っていることだろうけどな」

指圧でふくらはぎをほぐしたあとは、ソフィアの細い足首を回し、足裏にも刺激を与えていく。痛くなる一歩手前の気持ちよさに、ソフィアはうっとりと目を伏せた。

「ありがとう。ずいぶん楽になったわ」

一通り揉みほぐしてもらって、ソフィアは足を引こうとしたが、フレディがそれを引き留める。

そして彼は、ソフィアの足先にちゅっと口づけを落とした。

「そんなところにキスするなんて」

驚くソフィアに対し、彼は上目遣いにほほ笑んでくる。

「あなたのすべてにふれたいんだ」

そうして彼は、くちびるを足先から膝へと滑らせる。せっかく下ろした裾も引き上げられて、ソフィアは薄く頬を染めた。

「んっ……」

膝頭に口づけられて、ソフィアはかすかに声を漏らす。

気をよくしたフレディはゆっくりと夜着の裾をまくっていき、彼女の秘所を露わにした。

「下着は身につけていないのか」

「初夜は夜着一枚で、というのが作法なんですって」

「それは知らなかった。脱がせる手間が省けていいが」

ソフィアの上半身をそっと押して、フレディがほほ笑む。仰向けになったソフィアはどきどきしはじめた胸元を手で押さえた。

ソフィアの足を開かせ、フレディは秘所ではなく内腿にくちびるを這わせてくる。くすぐったさと期待感に背筋がぞくぞくして、ソフィアはつい軽く腰を浮かせていた。

だがフレディは思わせぶりに膝頭を手のひらでなでて、太腿にくちびるを滑らせていく。まさかそんなふうに足にふれられると思っていなくて、ソフィアはもどかしさと恥ずかしさに、耳まで真っ赤になってしまった。

「フレディ様……あまりじらさないで」

「じらしているつもりはないよ。あなたの美しい足を愛でているだけだ」

よくもいけしゃあしゃあと……。思わず目を据わらせるソフィアに、フレディは小さく笑った。

「あまりやるときらわれそうだから、足はまた次の機会に」

「別にきらうことはないけれど……んっ」

フレディの吐息が秘所にかかる。すぐにぬるりとした舌が陰唇のあいだを舐めてきて、ソフィアはか細く震えた。

「あ、んっ……」

「あなたのここも、いつも美しいな」

そんなところが美しいはずないのに、フレディがうっとりした面持ちでささやくから、うっかりそうなのだろうかと考えてしまう。

フレディは尖らせた舌先で蜜口の浅いところをちろちろと舐めながら、自分の衣服をゆっくり剝ぎ取っていった。

ソフィアは湧き上がる快感に息を切らしながら、ちらりと彼の裸身を見つめる。

始めて会ったとき、彼は不眠と食欲不振に苦しんでいて、せっかく鍛え上げた身体も少し薄くなっている状態だった。

だが、アラカでの治療と、ソフィアと過ごした時間が効いてか、今は食事も睡眠も充分に取れるようになってきていた。

おかげで初めて会ったときより身体に厚みが出て、軍人らしくがっしりとした体型になっている。

もともと彫像のように整った身体だったのに、よりたくましくなったせいか、彼の裸身を見るたび、ソフィアはどきどきしてしかたがなかった。

その彼が自分の秘所を舐め倒していると思うと、背徳感からよけいに感じてきてしまう。

「んっ、んぅ……」

「濡れてきた。あなたの蜜は不思議と甘い……」

ぺろりと自分のくちびるを舐めて、フレディはそっと蜜口に指を入れてくる。そしてぷっくりふくらんだ花芯にくちびるを這わせていった。

「んあっ……！」

そこにふれられるとたちまち腰奥が熱くなる。指を抜き差しされながらぬるぬると花芯を舌で舐め転がされて、ソフィアはいっそう息が上がってきた。

「あ、あう、んっ……！　フレディ様、つよい……あぁあっ……！」

蜜壺の感じやすいところと、充血してふくらんだ花芯を同時に刺激されて、ソフィアはたまらず声を漏らす。

だがフレディは我が意を得たりとばかりに、そこばかり熱心に刺激してくる。

「はぁあああっ……！」

ソフィアの背が弓なりにしなり、足先がびくびくと震えた。フレディはとどめとばかりに、花芯に軽く歯を立ててくる。

「ひぅっ！」

身体がびくんっと跳ねて、フレディの指をぎゅうっと締めつけてしまう。息が詰まって、一拍遅れて全身からどっと汗が噴きだした。

「は、はぁ、はぁ……はぁっ……」

あえなく達してしまったソフィアは、手足をぐったりと敷布の上に投げ出す。

手の甲でぐいっと口元を拭ったフレディが、そんな彼女の腰を引き寄せ、ひくひくと震える蜜口に己の切っ先をずぶっと沈めていった。

「あぁぁああ……っ！」

張り詰めた熱杭がずくずくと奥に沈んでいく……その感覚にすら背筋が熱くなって、ソフィアはうっとりとため息をついた。

そんな彼女の上半身を起こして、フレディは皺の寄った彼女の夜着越しに、乳首にちゅっと口づけてきた。

「んんっ……！」

それだけでぞくぞくしてしまって、フレディの雄をぎゅうっと締めつけてしまう。

「すごく薄い夜着だな……つんと勃った乳首が布地を押し上げているのがよく見える」

「じ、実況しなくていいから……っ」

恥ずかしすぎて顔から火が出そうだ。フレディは「すまない」と謝りつつ、楽しげに口角を引き上げていた。

おまけにもう一方の乳首にも吸い付き、薄い生地を唾液で濡らしてしまう。

結果、しっとりと濡れた生地はソフィアの素肌に張りつき、乳首どころか乳輪の形まではっきり浮かび上がらせてしまった。

「……そそるな」

「も……いじわるはやめて……っ」

「すまない。だが……真っ赤になって涙ぐむあなたがあまりに可愛くて、つい」

「ばかっ」

思わず彼の胸をぽかっと叩く。

フレディは笑いながら、ソフィアの夜着を頭から脱がせた。

「温かいな……」

フレディが改めてソフィアを抱きしめてくる。

ソフィアも彼の首筋に腕を絡めて、ぎゅっと抱きつきながら、彼の体温を感じた。

王城で暮らし始めてから、身体を重ねる機会は何度もあったが、抱き合えば抱き合うほど、彼の温かさが愛おしく思えてたまらなくなる。

フレディも同じように感じているのだろう。ソフィアの頬に頬を寄せて、黒髪を優しく指ですいた。

そっと目を開くと、フレディの藍色の瞳と視線が絡まる。ふたりは引き寄せられるように、お互いのくちびるをそっと重ねていた。

どちらともなく舌を伸ばし、ねっとりと絡ませ合うと、身体の奥もじりじりと熱く煮え立ってくる。

ソフィアが我慢できずに腰を揺すると、フレディも小さくうめいて、ずんっと腰を突き上げてきた。

「あぁぁ、あっ、あっ……！」

ずちゅずちゅと抽送されて、ソフィアはたまらず喉を反らして喘ぎ声を上げる。

きつく抱き合って律動していたフレディだが、やがてソフィアを再び仰向けにし、上からがつがつと肉棒を突き入れてきた。

その激しさと、身体にかかる重みと熱さが心地よくて、ソフィアはうっとりとくちびるを震わせる。

濡れたそのくちびるにくちびるを重ねて、フレディが狂おしく腰を打ちつけてきた。

「あ、あぁ……っ、ソフィア……！」

「ん、んあ、ああ、はぁ、はあっ……、んぅっ……！」

ソフィアも気づけば夢中で腰を振りたくっていた。

ふたりで快感を高め合って、絶頂まで上っていく――

「好きだ、ソフィア……愛している」

フレディが熱に浮かされた声でささやいてくる。

ソフィアもこくこくとうなずいて、フレディのくちびるを求めた。

「わたし、も……っ、んぅ、あ、あぁあ、きちゃう……、あ、あぁっ、あ――ッ……！」

身体の奥に渦巻く熱が一気にふくらんで、指先にまで愉悦を届けてくる。

ソフィアは甲高い声を上げながら、襲ってきた絶頂にぎゅっと身をこわばらせ、次いでがくがくと大きく震えた。

フレディも小さくうめいて、いっそう強くソフィアに腰を押しつけてくる。

彼の熱が自分の奥ではじける感覚に、ソフィアは感じ入るあまりほろりと涙をこぼしていた。


それからも何度も身体を重ねて、いつの間にか二人して眠ってしまっていたらしい。

ふと気づいたときには、フレディの顔がすぐそこにあって、ソフィアは胸がきゅうっとなるほどの愛しさを感じた。

「少し激しくしすぎたか……？」

ソフィアの目尻に浮かぶ涙をくちびるで拭って、フレディが心配そうにささやく。

ソフィアはほほ笑んで、ゆっくり首を横に振った。

「違うの。なんだか……胸がいっぱいになっちゃって」

「わたしも似たような気持ちだ。あなたの寝顔を見ているだけで幸せになれる」

ソフィアの細い身体をぎゅっと抱きしめて、フレディは満ち足りた面持ちでささやいた。

「あなたの存在そのものが、わたしにとっての救いだ。ソフィア、どうかこれからもそばにいてほしい」

祈るようなその言葉に、ソフィアはもちろんとうなずいた。

「ずっとそばにいるわ。わたしにとっても、あなたの存在そのものが幸せなのだから」

フレディが愛おしげにほほ笑んで、ソフィアのくちびるに口づけてくる。

ソフィアも目を伏せ、夫となった彼のぬくもりに全身を預けた。


結婚式の夜が更けていく。

お互いがそこにいる幸せを感じながら、ふたりは再び甘い時間を紡ぐのだった。

あとがき

こんにちは、もしくは、はじめまして。佐倉紫《さくらゆかり》と申します。
このたびは本作をお手にとっていただき、ありがとうございます。

ＴＬ作家としてデビューしてそこそこの年数が経ちましたが、ヴァニラ文庫様での執筆は今作がはじめてとなります。

ヴァニラ文庫様は創刊の頃から一読者としてとても楽しませていただいておりました。華やかな王宮、お屋敷、舞踏会、王侯貴族、姫やら王子やら軍人やら修道女やら、ドレスに軍服に制服に、美味しそうな食事まで！　とにかく楽しめる要素が盛りだくさんのレーベルなので、毎月新刊が出るのを楽しみに待っていたのです。

それだけに、まさか自分が書き手として参加させていただける日がくるとは……という気持ちでいっぱいで、あとがきを書いている今も「実は夢なのでは？」と疑り深く考えている最中です。素直に喜べばいいだけなのに（笑）

紙の書籍を出させていただくこと自体が久々ということもあり、今回のご縁には感謝の気持ちでいっぱいです。本当にありがとうございました。

さて、今作のヒロイン・ソフィアは伯爵家の娘でありながら、看護師としてバリバリ働く、TL作品ではあまり見ないタイプのヒロインになります。

そして彼女の勤める温泉地に、将校であるヒーロー・フレディがやってきます。

ですが彼は見た目にはわからない病を抱《かか》えていました。それにいち早く気づいたソフィアは、彼を気遣い様子を見ていくことになります。

もうそこまできたら、あとはラブラブになるだけ……と思うでしょう？　そうは問屋が卸さない内容になっておりますので、ぜひ最後までお読みいただけたらと思います 笑

しかし華やかな物語の世界と違って、現実の世界ではまだまだ新型コロナウイルスが猛威をふるい、なんとも落ち着かない日々が続いております。

実はこのあとがきを書いている翌日に、わたくし二回目のワクチン接種の予定が控えているのですよ。

我が自治体は接種券が届けられるのが遅かったらしく、SNSでつながる方々はすでに二回目も終わっているという方が大半。

そのため副反応に関するツイートがたくさん回ってきており、それを見るたび「高熱とかひどい頭痛とかに襲われたらどうしよう……！」と恐怖に震えている有様です。想像の

時点ですでに体調を崩しているのだからどうしようもありません。

とはいえ早く抗体を手に入れたいので、やはり接種が待ち遠しいばかりです。副反応は怖いけどね。いやだし、いらないけど。

まだまだ日常どおりとはほど遠い日々が続きますが、引き続き『マスク・手洗い・消毒・三密《さんみつ》を避ける』生活で、なんとかがんばっていきましょう。

せめてこの作品を手に取ってくださった読者様が、少しの時間ほっこりと息をつくことができますように。

イラストを担当してくださった蜂《はち》不《ふ》二《じ》子《こ》先生。美麗なイラストをありがとうございました！　美しい色使いの表紙絵、息づかいが聞こえてきそうな挿絵、見れば見るほど美しくうっとりせずにはいられません。お忙しい中、本当にありがとうございました。

また、担当様にはプロットの段階から本当にご面倒ばかりおかけしてしまいました。思い出すだけでも恐縮する一方です……次からはもっとスムーズに進められるようにがんばりますので、ぜひ引き続き、ご指導ご鞭撻《べんたつ》のほどよろしくお願いいたします。

出版関係の皆様にも大変お世話になりました。この場を借りて御礼申し上げます。

最後に、今作をお手にとってくださった読者様。わたしの作品にふれるのがはじめての方も、そうでない方も、本当にありがとうございました。

今作を通じ、ほんのひとときでも楽しい時間をお届けできたのなら本望です。

またわたしの作品をお手にとっていただけるように今後も精進してまいりますので、何卒よろしくお願いいたします。

その日までどうか、お身体を大切に。お元気で。

佐倉　紫

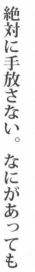

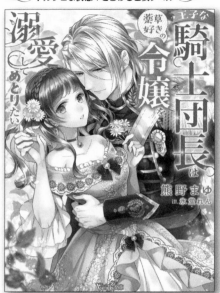

原稿大募集

ヴァニラ文庫では乙女のための官能ロマンス小説を募集しております。
優秀な作品は当社より文庫として刊行いたします。
また、将来性のある方には編集者が担当につき、個別に指導いたします。

◆募集作品

男女の性描写のあるオリジナルロマンス小説（二次創作は不可）。
商業未発表であれば、同人誌・Web 上で発表済みの作品でも応募可能です。

◆応募資格

年齢性別プロアマ問いません。

◆応募要項

・パソコンもしくはワープロ機器を使用した原稿に限ります。
・原稿は A4 判の用紙を横にして、縦書きで 40 字 ×34 行で 110 枚 ~130 枚。
・用紙の 1 枚目に以下の項目を記入してください。
①作品名（ふりがな）/②作家名（ふりがな）/③本名（ふりがな）/
④年齢職業 /⑤連絡先（郵便番号・住所・電話番号）/⑥メールアドレス /
⑦略歴（他紙応募歴等）/⑧サイト URL（なければ省略）
・用紙の 2 枚目に 800 字程度のあらすじを付けてください。
・プリントアウトした作品原稿には必ず通し番号を入れ、右上をクリップなどで綴じてください。

注意事項
・お送りいただいた原稿は返却いたしません。あらかじめご了承ください。
・応募方法は必ず印刷されたものをお送りください。CD-R などのデータのみの応募はお断りいたします。
・採用された方のみ担当者よりご連絡いたします。選考経過・審査結果についてのお問い合わせには応じられませんのでご了承ください。

◆応募先

〒100-0004　東京都千代田区大手町 1-5-1　大手町ファーストスクエアイーストタワー
株式会社ハーパーコリンズ・ジャパン　「ヴァニラ文庫作品募集」係

王弟殿下の秘密の婚約者

～今だけ内緒でいちゃいちゃしています～　Vanilla文庫

2021年11月20日　第1刷発行　定価はカバーに表示してあります

著　者　佐倉 紫　©YUKARI SAKURA 2021

装　画　蜂 不二子

発行人　鈴木幸辰

発行所　株式会社ハーパーコリンズ・ジャパン

東京都千代田区大手町1-5-1

電話 03-6269-2883（営業）

0570-008091（読者サービス係）

印刷・製本　中央精版印刷株式会社

Printed in Japan ©K.K. HarperCollins Japan 2021 ISBN978-4-596-01815-1